KB246429

天魔劍仙

천마검선

일루 新무협 판타지 소설

FANTASTIC ORIENTAL HEROES

천마검선 3

일륜 新무협 판타지 소설

초판 1쇄 찍은 날 § 2008년 7월 11일
초판 1쇄 펴낸 날 § 2008년 7월 18일

지은이 § 일륜
펴낸이 § 서경석

편집장 § 문혜영
편집책임 § 유경화
편집책임 § 정서진 · 최하나

펴낸곳 § 도서출판 청어람
등록번호 § 제1081-1-89호
등록일자 § 1999. 5. 31
어람번호 § 제2-1531호

주소 § 경기도 부천시 원미구 심곡1동 350-1 남성B/D 3F (우) 420-011
전화 § 032-656-4452 팩스 § 032-656-4453
http://www.chungeoram.com
E-mail § eoram99@chol.com

ⓒ 일륜, 2008

ISBN 978-89-251-1388-3 04810
ISBN 978-89-251-1339-5 (세트)

天魔劍仙

잠룡등천

3

천마검선

일러스트 新무협 판타지 소설

FANTASTIC ORIENTAL HEROES

청어람

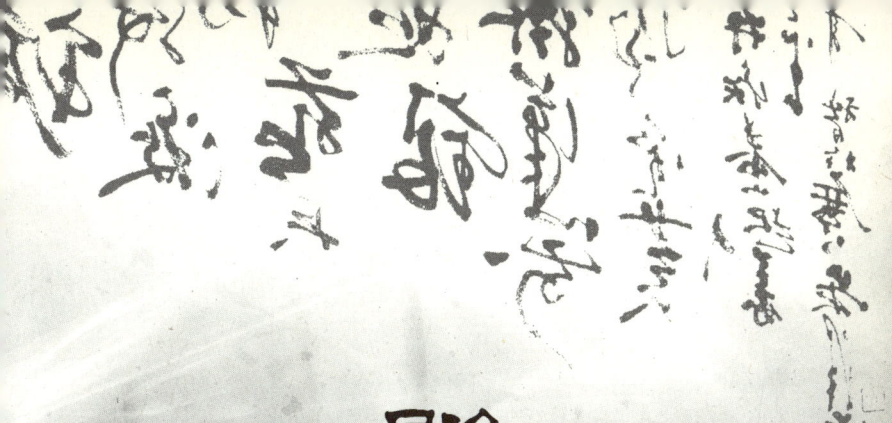

目次

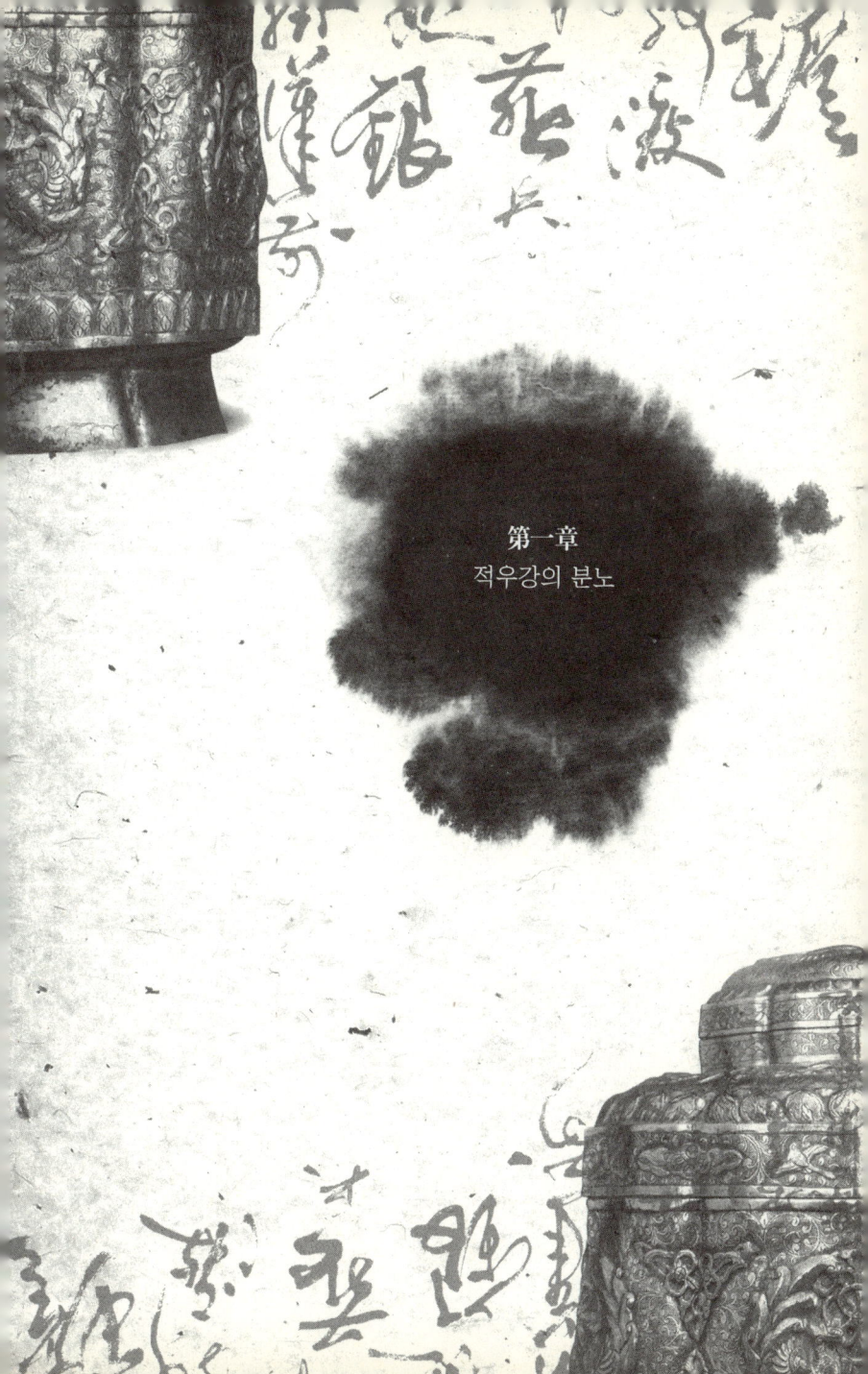

第一章
적우강의 분노

화군악은 장군봉에 먼저 도착해 있었다.

이번 일을 꾸민 사람은 그가 아니라 당백룡이었다.

처음엔 다들 정색을 하며 반대했다.

그러나 당백룡의 설득에 몇몇이 넘어갔다.

이름도 들어보지 못하다 군웅대회에서 수라검귀라는 별호
하나 얻은 자에게 영웅의 호칭을 줄 수는 없다!

이것이 당백룡의 논조였다.

물론 그 안에는 적우강과 관련된 당가의 일을 덮으려는 속
셈이 포함되어 있었다. 더구나 이번에 적우강이 살아난다고
해도 경묵기 등이 뒤에서 기다리고 있었다.

당가환의 조치였다.

강호명숙들 사이에서도 적우강이란 존재가 골칫거리가 된 것이 분명했다.

"화 공자, 걱정할 것 없소. 수라검귀가 아무리 팽 공자와 악 공자를 이겼다고 해도 구대문파와 오대세가의 정예 오십여 명을 상대할 수 있다곤 보지 않소. 우리는 느긋하게 기다렸다가 꾹, 밟아주면 되오."

당백룡의 목소리에는 확신이 담겨 있었다.

그 확신이 어디서 나오는지 화군악은 이해할 수 없다는 눈으로 쳐다보다 입을 열었다.

"당 공자, 내가 걱정하는 것은 그런 것이 아니오. 이 일을 아버님과 명숙들이 알게 되면……."

"그건 걱정 마시오, 내가 숙부님께 알아듣도록 설명해 놓았으니."

"수, 숙부님? 당가환 대협께 말씀드렸다는 거요?"

화군악은 황당한 눈으로 당백룡을 돌아봤다.

강호명숙들 모르게 처리하자는 자신의 말을 완전히 무시한 것이다.

"이 계획을 알려주신 분이 숙부님이시오. 그러니 말씀드렸다는 건 어폐가 있소."

"……!"

"이게 모두 수라검귀란 놈 때문에 일어난 일이오."

당백룡이 이를 악물며 그동안 있었던 일에 대해 설명을 해 주었다. 물론 경묵기에게 말했던 내용과 토씨 하나 바꾸지 않았다. 당가환을 암습해 다치게 하고, 여동생을 꼬드겨 가족 간의 불화를 조장하고, 사형제라는 놈은 은혜도 모르고 뒤통수를 때렸다는.

"그런 일이 있었으면 진즉에 말을 했어야 할 게 아니오! 그럼 굳이 이런 일까지 꾸밀 필요도 없잖소!"

화군악의 잘생긴 얼굴에 핏줄이 돋았다.

화군악이 생각하기에 당백룡이 한 말은 비무대에서 공개적으로 심판해도 충분할 만한 사안이기 때문이다.

"하하하. 나도 그러고 싶었소. 하지만 그렇게 되면 당가의 체면은 어떻게 되겠소? 입장을 바꿔서 화산파에서 그런 일을 당했다면 뭐라고 하겠소?"

"화산파에선 그런 일 자체를 만들지 않소. 하나 이왕 그렇게 됐다면 좋은 쪽으로 생각을 할 수밖에."

화군악의 음성에는 동정이 담겨 있었다.

'이 자식이!'

당백룡은 화군악을 한 대 칠 것처럼 노려봤으나 이내 화를 억누르고 입을 열었다.

"…다른 사람들이 있는 자리에서 말하지 못한 이유도 그 때문이오."

숙일 때는 확실히.

당백룡은 애써 웃음 지으며 화군악의 말에 공감해 버렸다. 이제 곧 화군악은 이번 일이 자신의 일이라도 되는 것처럼 팔을 걷어붙일 것이다.

"후후후. 당 공자의 진심이 담긴 말이 와 닿았소. 다른 사람들을 만나 설득하고 올 테니 잠시 구자귀를 지키고 있으시오."

화군악은 말을 마치고 당백룡의 어깨를 두드려 주고는 돌아섰다.

'그런다고 네가 비무대회에서 영웅이 되는 건 아니야, 화군악. 다른 자들처럼 나 역시 아직까지 칠 할 이상의 힘을 드러내지 않고 있으니까.'

당백룡은 얼마든지 건방지게 굴라고 속으로 생각했다. 화군악은 자신의 상대가 아니었다. 소무백이나 진부동이 아니면 나머지는 거기서 거기였다.

적우강만 사라지면 그때부터는 자신의 세상이 될 것을 믿어 의심치 않았다.

"이봐, 네 사제가 온다는데 기대되지 않아? 네 꼴을 보고 뭐라고 할까? 다리는 절고 행색은 거지와 다를 바 없는 사형을 과연 구하고 싶을까? 하하하!"

당백룡은 건드리면 꿈틀거리는 구자귀의 모습이 재미나는지 계속해서 발로 툭툭 건드렸다.

'네놈은… 화군악보다… 더 개새끼다……. 반드시……'

구자귀는 이를 악물었다.

눈앞의 두 사람을 죽이고 싶었다.

하지만 어떻게?

'차라리 그때 죽었다면……'

창피했다.

화군악과 당백룡에게 수모를 당해서가 아니었다.

스스로에게 부끄러워 화가 났다.

사제들은 자신을 찾아왔는데 자신은 그동안 무엇을 했단 말인가? 발 한쪽 불편하다고? 그래서 찾을 생각조차 하지 않았다고?

"어쭈? 억울하다 이거냐?"

당백룡은 갑자기 '큭큭' 거리며 웃는 구자귀를 보며 표정을 바꾸었다. 처한 상황도 모르고 같잖게 비웃는 것이다.

"그 자식이 오면 너를 구해줄 수 있을 것 같아서 웃는 거냐? 우리에게 들킨 것이 억울해, 응? 아직 버틸 만한 모양이네?"

당백룡의 입가에 잔인함이 묻어났다.

천천히 구자귀의 옆에 앉았다.

"병신새끼야, 잘 들어. 네 잘난 사제는 당가의 체면을 구겼어. 그게 무슨 뜻인지 알아? 강호에 발을 못 붙인다는 뜻이야."

당백룡은 구자귀의 다친 다리를 손으로 주물럭거리다 힘

을 가했다.

우드득.

섬뜩한 음향과 함께 고통에 몸부림치는 비명이 이어졌다.

"끄아아아!"

＊　　　＊　　　＊

무당신룡 소무백은 무당파의 전대 장문인인 현현 진인이 마지막으로 거둔 제자였다. 어렸을 때부터 특별한 제자로 자라온 그에게 화군악 등의 행태는 용납이 되질 않았다.

장군봉 입구에 서서 뒷짐을 진 채 달빛을 바라봤다.

적우강을 기다리는 중이었다.

당백룡이 그런 음모를 꾸미도록 부추긴 사람이 어떻게 보면 자신이란 생각 때문에 적우강을 만나려는 것이다.

비무대에서 봤던 적우강의 모습은 인상적이었다. 특히 마지막 비무였던 악건과의 비무는 많은 것을 생각하게 만들었다.

"검은 날카롭지만 날카로움은 검에만 있는 것은 아니다… 항상 듣는 말이지요. 악 공자와의 비무가 무척이나 인상적이더군요."

소무백은 아무도 없는 공간에 대고 말을 하는 것 같더니 완전히 돌아섰을 때는 한 사람을 바라보고 있었다.

"다른 길도 많을 텐데 이 길을 선택한 이유를 물어도 되겠소, 적 소협?"

소무백이 바라보는 길 저쪽에 적우강이 멈춰 서 있었다. 뒤쪽으로 두 사람이 더 있었으나 소무백의 눈에는 적우강밖에 들어오질 않았다.

"사형을 모시러 가는 길은 오직 한 길이지. 당신이 그 길을 막는 첫 방해꾼인가?"

적우강은 소무백을 보는 순간 만만한 상대가 아니란 것을 깨달을 수 있었다. 달을 바라보는 눈에는 긴장이라고는 찾아볼 수 없었다. 더구나 적우강에게 길을 물었다. 이곳으로 올 줄 알았다는 뜻이었다.

"방해가 아니라 도움을 주려고 기다렸소."

"도움은 필요없다."

"나를 지나치는 순간, 당신은 많은 사람과 싸우게 될 거요."

"그런 것은 중요하지 않다."

"중요하오. 저들은 당신을 내일 군웅대회에 못 나오게 하려는 것이니까. 구자귀, 그 마부의 이름이더군. 아시오?"

소무백은 아무 생각 없이 한 말이었다.

그러나 마부라는 말이 나온 순간 적우강의 심장은 상처를 입고 말았다.

구자귀가 마부를 하고 있었다?

"큭."

신음이 적우강의 꽉 다물어진 입술을 비집고 흘러나왔다. 구자귀의 신분을 들은 까닭이다. 아니, 지난 이 년 동안 어떻게 살아왔는지 알 것 같은 까닭이다.

구자귀를 인질로 잡고 한다는 짓이 겨우 내일 군웅대회에 나오지 못하게 하는 것이다?

"훅훅……."

적우강의 호흡이 거칠어졌다.

"아는 모양이군. 나는 이 일을 꾸민 자들이 마음에 안 드오. 그렇다고 당신이 마음에 든다는 것도 아니오. 그럼 왜 이곳에 있느냐……. 저들을 설득하는 것보다는 당신을 막는 것이 빠르니까."

스릉.

소무백은 무당파의 상징인 청강검을 들어 올렸다.

"과연 무당삼검도 검집만으로 상대할 수 있을지 궁금하군요. 선공은 양보하겠소."

소무백은 검을 비스듬히 들어 가슴에 대고 적우강의 공격을 기다리겠다는 뜻을 비쳤다.

"……."

적우강은 소무백을 바라보며 한동안 아무 말도 할 수 없었다. 구자귀를 구해야 했다.

"그렇군. 자하검도 검신이 있었어."

적우강은 마치 그동안 모르고 있었던 사람처럼 뭉툭한 검신을 뽑아 들었다. 당백지와 함께 뽑을 때 이후 처음이었다.

자하검이 달빛을 반사시키며 사방을 밝게 물들였다.

"오!"

소무백의 입에서 절로 탄성이 흘렀다.

그러나 그것도 잠시, 자하검에서 뿌려지던 빛이 검신으로 빨려 들어갔다.

"신기한 검이군요."

소무백은 웃으며 청강검에 진기를 주입했다.

웅웅웅―

청강검이 묘한 음을 토해내며 언제든 빠져나올 준비가 됐다는 신호를 보냈다.

"안 오면, 먼저 손을 쓰겠소. 시간이 많지 않군요."

"오시오."

적우강이 짧게 대답했다.

소무백보다 더 급한 사람이 적우강이었다.

츠르르.

청강검이 푸른 빛을 길게 토하는가 싶더니 검봉에 모여 길쭉하게 늘어났다.

"막아보시오."

청강검을 살짝 흔들자 고리 하나가 떨어지며 적우강을 향했다.

검사였다.

검기를 실처럼 풀어서 검신에 집중시킨 것이다.

검막만 해도 펼칠 수 있는 고수가 흔치 않은데 소무백은 검사로 몸을 풀 듯이 손을 썼다.

쾅!

"……!"

적우강은 놀란 눈으로 소무백을 쳐다봤다.

자하검을 통해 손으로 전해진 힘은 내부를 진동시킬 정도로 강했다.

"악 공자를 이긴 것이 우연이 아니었군."

소무백 역시 적우강의 방어가 만족스러웠는지 고개를 끄덕였다.

"이번엔 내 차례요."

"얼마든지."

쉭.

소무백의 말이 끝나기 무섭게 적우강의 신형이 사라졌다. 잠둔과 발현과 미리반천을 동시에 사용하면 어떤 현상이 일어나는지 보여주고 있었다.

소무백의 눈동자가 떨렸다.

겁을 먹어서 떨리는 것이 아니라 적우강의 움직임을 눈으로 쫓고 있는 것이다.

'옆… 정면!'

쾅!

소무백은 충돌로 인해 풀잎이 휘날리는 사이로 한숨을 내쉬었다.

"휘유, 좀 더 빨랐으면 성공했을지도 모르겠군. 하나 이 정도로는 오래 버티지 못할 것 같소."

소무백의 청강검이 자하검을 누르며 막고 있었다.

적우강은 땅을 때린 자하검을 보며 웃었다.

발현을 막을 수 있는 방법을 연구했던 모양이다.

'구 사형이 기다리고 있는데 지금 뭘 하는 거지?'

소무백의 공격으로 감싸놓았던 불길이 확 일어난 것 같았다. 하지만 아직은 괜찮았다. 현천진기로 최대한 불길을 억제하고 있기 때문이다.

"빨랐으면 성공했을 거라고? 그럼 보여주지. 내가, 점창파의 장문인이 얼마나 빠른 사람인지."

"……?"

갑자기 바뀐 목소리에 소무백은 의아한 눈이 됐다.

화앗!

적우강의 전신에서 갑자기 엄청난 기운이 사방으로 폭사됐다.

"헛!"

소무백은 적우강의 행동에 깜짝 놀랐다. 갑자기 거세진 적우강의 기운 때문에 놀란 것이 아니었다. 조금 전에 부딪쳤을 때 적우강의 무공은 도가 계열의 현기가 느껴졌는데 지금은 현기 외에 다른 기운이 느껴지고 있었다.

'뭐지? 분명 현기가 아니다. 나를 태워 버릴 듯 강렬한 이 기운은… 마기!'

소무백은 얼이 빠진 표정이 됐다.

한 사람의 몸에 현기와 마기가 공존할 수 있다?

그런 일은 있을 수 없었다.

어느새 자하검이 눈앞까지 다가왔다.

쾅!

"헉!"

소무백은 강렬한 충격으로 인해 청강검을 쥔 손이 옆으로 밀리며 가슴을 열고 말았다.

쉭.

"……!"

빠르게 다가오는 물체가 보였다 싶은 순간, 태극이원진기로 그 물체를 물었다.

쩌쩡!

소무백의 양손에서 형성된 진기가 구체를 형성하며 자하검의 검신을 막았다. 전력을 다해 막던 소무백의 눈이 적우강의 손으로 향했다.

'피?'

적우강의 손에서 피가 떨어지고 있었다. 자하검을 잡은 오른손이었다. 그 때문인가, 적우강의 힘이 순간적으로 약해진 것 같은 착각이 들었다.

태극진파(太極進波)!

태극의 영역 안에 들어온 힘은 태극의 힘으로 밀어낼 수 있었다.

쾅!

"컥!"

소무백이 피를 토하며 튕겨졌다.

자하검을 튕겨낸 양손이 붉게 물들어 있었다.

장군봉에는 바위가 많았다.

몸을 숨기기엔 더없이 좋은 장소가 많다는 뜻이다.

'소무백은 이번 군웅대회에 출전한 자들 중 최강의 일인이었다. 그런 자를 장문대행이 날려 버렸다? 지금까지 장문대행은 전력을 다하지 않았던 건가? 게다가 마지막 그 힘, 그건 뭐지?'

주정민은 걱정스러운 눈으로 적우강을 쳐다봤다.

바위를 지나 옆으로 난 소로로 접어들었을 때였다.

슥.

원숭이처럼 생긴 길쭉한 바위에서 삐죽이 뿔이 솟아났다. 자세히 보니 그것은 뿔이 아니라 인영이었다.

적우강은 어느새 멈춰 서서 그들을 바라보고 있었다.

"문주님, 저들은 저희가 처리하겠습니다."

주정민이 나섰다.

적우강은 대답없이 원숭이바위 뒤쪽으로 솟아 있는 달을 쳐다봤다. 나타난 자들이 전부가 아니었다.

"사형들은 여기서 기다려요."

"그럴 수 없습니다!"

가대건과 주정민의 입장에서는 당연한 외침이었다.

그러나 적우강은 두 사람의 외침을 못 들었는지 대답없이 앞으로 움직였다.

가대건과 주정민은 그 모습이 허락이라 여기고 따라가려 했다. 하지만 적우강의 뒤를 두어 걸음이나 따라갔을까, 엄청난 기운이 두 사람을 막았다.

퉁―

"헛!"

"이, 이건……."

두 사람을 막은 것은 무형의 벽이었다.

"장문대행으로서의 명령입니다. 이곳에 계세요."

적우강의 눈이 사납게 빛나고 있었다.

"막아라!"

원숭이바위에 모습을 드러낸 자들은 적우강이 다가오는 것을 보고 소리쳤다.

예리한 검광이 일제히 적우강을 향해 다가왔다.

츠르르륫.

수십 가닥의 검기.

"장문대행!"

뒤에서 지켜보던 가대건과 주정민의 안타까운 목소리가 들려왔다. 하지만 적우강은 두 사람의 걱정을 알기나 하는지 오히려 공격하기 쉽게 멈춰주기까지 했다.

피할 생각이 없는 것이다.

급기야 검기들이 적우강의 몸에 꽂혔다.

콰콰!

"자, 장문대행… 헉!"

지켜보던 가대건이 눈을 부릅떴다.

분명히 검기에 격중된 것 같던 적우강은 그대로인데 공격한 자들이 사방으로 날아갔다.

뚝. 뚝.

적우강은 오른손을 보며 인상을 쓰고 있었다.

자하검이 또다시 손에서 벗어나려 했다.

검을 쥔 손에 더욱 힘을 주었다.

떨어지는 피의 양이 많아졌다.

여섯 명을 날려 버린 적우강은 그들의 상태를 확인하지도 않고 또다시 자하검을 휘둘렀다.

콰우우!

적우강의 포효가 자하검을 통해 사방에 울렸다.

쾅!

원숭이바위가 흔들거리다 그대로 절벽 아래로 떨어졌다. 몇몇은 벽에 부딪쳐 피를 토하며 적우강을 경이의 시선으로 쳐다봤고 나머지는 죽었는지 미동조차 없었다.

적우강은 쓰러진 자들에게는 관심을 두지 않았다.

다시 앞으로 움직였다.

속에서 불길이 터지려는 것을 억지로 막고 있었다.

눈빛을 본 자들은 슬금슬금 자리를 피했다.

그러나 적우강이 원숭이바위 뒤로 돌아서자마자 폭음과 함께 비명 소리가 다시 이어졌다.

콰콰콰!

"끄악!"

"컥!"

불끈.

적우강은 피를 볼 때마다 자신도 모르게 손에 힘이 들어갔다. 그 덕분에 손에는 더 많은 피가 흘러내리고 있었다.

쉭.

왼쪽에서 빠르게 날아오는 검.

적우강은 얼굴을 돌려 피한 후 왼손을 들어 검을 잡고서 끌어당겼다. 놀라서 기겁을 하는 자의 얼굴이 눈에 들어왔다. 그대로 자하검을 뻗었다.

퍽!

간단한 신음조차 나오지 않았다.

자하검의 손잡이를 타고 다시 피가 떨어졌다.

거부하면 할수록 적우강의 손속은 잔인해지고 있었다.

"네가 이기나 내가 이기나 해보자!"

자하검을 향한 경고였다.

악귀가 있다면 이런 모습일 것이다.

공격도 못하고 피하지도 못하는 진퇴양난의 상황에 빠진 자들은 뒤로 계속해서 밀리기만 했다.

'으음…….'

위에서 지켜보던 사십대 중년인은 신음을 삼켰다.

비무대에서 봤을 때와는 비교조차 할 수 없는 적우강의 신위에 놀란 것이다.

구대문파의 정예들과 오대세가의 정예들이 동원됐건만 속수무책이었다. 저 정도의 인원이라면 충분히 잡을 거라 생각했던 것이 오판이었다.

이십 명 중 여섯 명이 절벽 아래로 떨어져 죽었고 자하검에 죽은 자는 열 명, 네 명만 살아남아 피를 흘리고 있었다.

'이대로는 소문주님께서 모두 뒤집어쓸 것 같다.'

양의검 충한.

화군악의 한마디면 지옥이라도 뛰어들 사람이었다.

그가 막 일어서려 할 때였다.

"충 대협, 나서려는 거요? 저런 자를 상대로 목숨을 버리는 건 어리석은 일이오. 어차피 시작한 일이니 끝이나 맡아주시오."

"……!"

낭랑한 목소리와 함께 충한의 앞으로 날아가는 인영이 있었다.

도인처럼 짙은 회색 마의를 입은 자였다.

"추월도 강자기!"

충한은 자신도 모르게 부르짖었다.

하북팽가에서 외부 활동을 하는 고수 중 나름 이름을 얻고 있는 자였다.

"죽어라!"

강자기의 외침은 장군봉 골짜기를 타고 울렸다.

위쪽에서 기다리고 있을 한 사람에게 적우강이 이곳까지 왔음을 알리는 신호였다.

"내 앞을 막는 자는 죽는다!"

적우강은 날아오는 강자기를 지나쳐 위쪽을 향해 소리쳤다. 그 모습에 공격하던 강자기는 기가 막히다는 웃음을 지었다.

"죽겠다는 거냐? 그럼 진즉에 그렇게 하지! 캇!"

촤라락.

현란한 도의 그림자가 강자기의 손에서 마구 일어났다.

이어 사방에서 강자기를 돕기 위해 고수들이 모습을 드러냈다.

그 수는 무려 이십여 명.

적우강은 그제야 웃을 수 있었다.

붉은 안광이 줄기줄기 뻗어 나왔다.

"헛!"

이십여 명은 적우강의 눈을 보고 헛바람을 삼켰다.

검광이 난무하는데에도 오직 적우강의 붉은 안광만이 주위를 가득 메웠다.

쿠콰콰콰!

검광 수십 줄기가 모두 깨져 나가는 소리였다.

*   *   *

"왜 이렇게 조용하지?"

화군악은 불안한 눈으로 아래쪽을 내려다봤다.

너무 조용했다.

시끄러워지는 것이 싫어서 이곳으로 왔건만 조용하니 그것도 불안했다.

화산파의 제자 중 한 명을 불렀다.

"연락은?"

"알아보겠습니다."

구대문파 중 여섯 군데에서 보낸 고수들과 오대세가의 가신들과 함께 온 무인들을 합하면 오십여 명, 거기다 화군악이 데리고 있는 화산파의 제자들까지 합하면 무려 칠십 명은 될 것이다.

　그 인원으로 적우강을 아직도 생포하지 못한 것이다.

　"화 공자, 왜 그렇게 걱정을 하시오?"

　당백룡이 딱하다는 듯이 쳐다봤다.

　"수라검귀가 입구로 들어섰다는데 아직까지 잡히지 않고 있소."

　"곧 잡혀올 것입니다. 만일을 대비해 제가 따로 준비해 놓은 수도 있고."

　"수?"

　"숙부님과 몇 분이 와 계십니다."

　"……."

　화군악은 못마땅한 눈으로 당백룡을 쳐다봤다.

　이 일은 화군악에겐 첫 번째나 마찬가지의 일이었다. 누구의 명령도 듣지 않고 혼자서 해결해야 하는 일이었다. 그걸 당백룡이 제멋대로 바꾼 것이다.

　"숙부님께선 상황을 봐서 손을 쓰실 겁니……."

　"소문주님! 큰일 났습니다!"

　화산파의 제자 한 명이 당백룡의 말을 자르며 급히 소리쳤다.

"뭐냐?"

"이 소리가 안 들리십니까? 그 악귀 같은 자가 저 아래까지 올라왔습니다."

"뭐?"

화군악이 급히 아래를 내려다봤다.

"지금 있는 인원으로는 도저히 악귀를 막을 수가 없습니다."

화산파의 제자는 망설이다 대답했다.

"알았다. 당 공자, 당 대협께 부탁해서 막으라고 해주시오."

화군악은 당황해서 조금 전에 자신이 기분 나빠했다는 사실도 잊고 당가환이 나서도록 명령했다.

"하하하. 걱정하지 마시오. 내가 말씀드리지 않아도 알아서 하실 테니. 그나저나 잘도 그곳까지 올라온 모양이군요."

"당 공자!"

"만약의 경우, 우린 저자를 이용하면 되오."

"이용? 그게 무슨 말이오?"

"화 공자, 만약이요, 만약. 저자를 이용할 필요가 없으면 좋겠지만……. 저 마부에겐 이미 손을 써놓았소. 제가 아니면 풀리지 않을 독에 중독된 상태요. 아아, 그런 눈은 사양하오. 이자를 데려온 것만으로도 우린 충분히 비겁해졌으니까."

"……!"

화군악은 당백룡의 말에 반박하지 못했다.

갈등이 되는 것이다.

그러나 이미 선을 넘은 사람에게 선택할 건 그리 많지 않았다.

"이 일이 외부로 나갈 일은 없지만 내일부터 발 뻗고 잘 사람들은 많아질 것이오. 하하하."

'그래, 이건 나를 위해서가 아니라 모두를 위해서 하는 것뿐이다.'

화군악은 당백룡의 시원스런 웃음에 약간의 안도감을 얻을 수 있었다.

반대하던 소무백이나 진부동이 이 자리에 없는 것이 얼마나 다행인지 몰랐다.

화군악의 우유부단함이 유감없이 드러나는 모습에 당백룡은 입꼬리를 올리며 웃었다.

조금만 위협이 된다 싶으면 금방 반응을 보이는, 아직은 화산파의 후계자란 말을 듣기엔 모자란 자였다.

*   *   *

콰콰쾅!

적우강은 달려드는 자들을 보며 기세를 일으켜 모두 튕겨냈다. 하지만 그 순간, 하마터면 자하검을 놓칠 뻔했다.

적우강이 뿜어낸 기세만큼이나 강렬한 기운이 손을 마비시키려 한 까닭이다.

적우강의 눈에 흐르던 은은한 적광이 서서히 걷혔다.

그러자 자하검에서 나오던 기운도 현저히 줄었다.

'몸속의 불길을 내보내지 않으면 빠져나가지 않겠다는 거냐?'

자하검은 도가의 힘이 담긴 신성한 검이었다. 마기에 반응하는 것은 당연했다.

"다친 모양이구나."

적우강이 몸을 돌렸을 때였다.

낯설지 않은 목소리와 함께 한 사람이 모습을 드러냈다.

양손에 붕대를 감은 당가환과 두 사내.

"통백비 선랑과 선비파 옥장이라 한다."

당가의 식객으로 주정민처럼 귀심향에 중독되어 삼십 년째 당가에 예속되어 있는 자들이었다. 물론 당사자들은 전혀 그런 사실을 알지 못했지만.

"후후. 저들도 중독……."

"저놈을 죽이시오."

당가환이 적우강의 말을 자르며 명령했다.

손에는 계속해서 피가 흐르고 남은 힘을 조금 전에 다 써버렸다. 굳이 나설 필요도 없었다.

"더 올 사람 없나?"

적우강은 당가환의 명령을 듣고도 표정 하나 변하지 않았다. 허세였다. 적어도 당가환은 그렇게 확신했다.

그러나 적우강의 회복력을 경험한 당가환이었다.

혹시나 하는 눈으로 적우강을 살폈다.

손에는 아직도 피가 흐르고 있었다.

"흥! 허세는."

당가환은 코웃음 치며 손을 들어 올렸다.

적우강을 죽이면 나머지는 당백룡이 알아서 처리할 것이다.

쉬쉬쉬— 쫘아앙—

당가환의 신호가 떨어지자마자 통백비의 암기와 선비파의 음공이 적우강을 향했다.

살기도 없이 느닷없이 펼쳐진 공격.

콰쾅!

적우강은 자하검으로 통백비에서 쏟아지는 암기를 튕겨냈다. 선비파의 음공까지는 막을 시간도 없었다.

"헉!"

통백비의 암기를 막았다 싶은 순간 전신을 사정없이 휘감는 예기에 움직일 수 없었다.

퍼버벅.

통백비의 암기를 고스란히 맞은 것이다.

"됐다!"

당가환은 기뻐하며 탄성을 질렀다.

그러나 기쁨은 곧 경악으로 변했다.

고개를 흔들며 자신의 혀로 입술을 적시는 적우강의 모습이 눈에 들어왔기 때문이다.

적우강은 무척이나 즐거운 표정이었다.

"저, 저……."

당가환은 소름이 돋았다.

통백비의 암기가 박힌 적우강의 몸 어디에서도 피가 흐르지 않고 있었다.

지금이 아니면 죽일 수 없을지도 몰랐다.

"주, 죽여!"

당가환이 재차 명령을 내렸지만 그보다 먼저 적우강이 움직였다.

훙—

적우강은 먼저 통백비를 날리던 선랑의 손을 잘라갔다. 동시에 옥장이 더 이상 비파를 타지 못하도록 검기를 횡으로 날렸다.

따당.

옥장은 급히 비파를 튕겨 적우강의 검기를 막았다.

통백비에서 나오던 암기들은 자하검의 검신에 부딪쳤다 사방으로 튕겨져 나갔다.

적우강과 선랑의 거리는 불과 열 걸음.

옥장은 선랑의 위험을 감지하고 비파를 튕기려 했다.

쉭.

"……!"

옥장의 앞에 희끗한 그림자가 보인다 싶은 순간 적우강의 손이 비파를 잡았다.

퍽!

옥장의 안면에 적우강의 주먹이 꽂혔다.

"이놈!"

날아가는 옥장을 보며 선랑이 통백비를 든 채로 적우강을 내려쳤다. 하지만 그것은 적우강을 도와주는 일밖에 되질 못했다.

잠둔으로 신형을 옆쪽으로 옮긴 적우강은 일말의 주저함도 없이 발현을 사용해 자하검을 뻗었다.

푹.

"컥!"

선랑의 눈이 찢어져라 부릅떠졌다.

"저, 저럴 수가!"

당가환은 말릴 새도 없이 일어난 일에 믿기 힘든 눈으로 쳐다봤다. 적우강의 손에서는 여전히 피가 흐르고 있었다. 저런 상태에서 둘을 해치운 것이다.

'이놈… 더 강해졌다.'

지금이 기회일까?

당가환은 손을 쓰려다 멈칫했다.

평범한 공격으로는 별 소용 없었다.

팔박투 홀.

무릎과 어깨를 이용해 한 번에 죽여야 했다.

"죽어, 이 괴물!"

당가환은 팔박투 홀로 밀어붙이면서도 안심이 안 되는지 오른손을 뒤로 빼며 압뇌장을 일으켰다. 자하검을 들고 있는 적우강의 오른쪽이 약점이라 여기고 파고든 것이다.

그러나 불행하게도 그 수법은 적우강이 이미 경험한 후였다.

쾅!

당가환의 어깨를 자하검의 검신으로 받아냈다. 이어서 날아온 당가환의 무릎은 왼손으로, 그리고 마지막 공격인 압뇌장은 가슴을 내밀어 막았다.

당가환은 쾌재를 부르며 압뇌장을 힘껏 내밀었다.

곧 뻥 뚫린 적우강의 가슴을 볼 것이다.

쾅!

당가환의 손바닥에 느껴지는 강한 벽.

적우강의 가슴은 압뇌장을 고스란히 받으면서도 멀쩡했다.

"크윽!"

압뇌장을 펼친 당가환의 손가락이 보기 흉하게 구부러져

있었다.

"구 사형을 데려온 것이 당신인가?"

"이이… 악마 같은 놈……."

"악마?"

적우강이 묘하게 웃었다.

지금이라면 얼마든지 악마가 될 수 있었다.

第二章
후기지수들의 악몽

적우강은 무방비 상태로 당가환을 향해 손을 뻗었다.

가슴이 열렸다. 이럴 때 목을 노린다면?

당가환은 눈부신 속도로 왼손을 뿌렸다.

쉬쉭.

당가환의 소매에 들어 있던 추혼연미표 두 개가 적우강의 목을 향해 날아갔다.

"더 없소?"

추혼연미표 두 개를 맨손으로 잡은 적우강이 비웃으며 물었다. 이내 추혼연미표는 종잇장처럼 구부려져 바닥에 떨어졌다.

퍽!

적우강의 주먹에 의해 당가환의 얼굴이 돌아갔다.

"당신 짓이지?"

"무슨 소리냐?"

"구 사형."

"……."

"모른다고 할 생각인가 보군."

퍽!

당가환의 얼굴이 다시 돌아갔다.

주정민도, 당백지도, 구자귀도 모두 이자로 인해 불행해졌
다.

적우강에게 있어 사형제들은 가족이었다.

가족을 건드리는 건 그 어떤 자라도 용서할 수 없었다. 그
것이 얼마나 큰 죄인지 알려줘야 했다.

적우강은 당가환의 구부러진 손을 잡고서 비틀었다.

"끄악!"

당가환이 비명을 지르며 괴로워했다.

이번엔 양쪽 무릎을 앞으로 꺾어버렸다.

빠득!

섬뜩한 소리와 함께 당가환은 비명도 못 지르고 얼굴을 바
닥에 박았다.

받은 만큼 갚아주는 것이야말로 강호의 법칙이다.

적우강은 안색 하나 변하지 않았다.

"끄아아악!"

뒤늦게 당가환의 입에서 처절한 비명이 터졌다.

"수라검귀! 당 대협한테서 떨어져라!"

위쪽에서 일단의 무리들이 떨어져 내리며 소리쳤다.

그러나 그들이 내려섰을 때는 이미 적우강이 당가환의 곁에서 사라진 후였다.

잠둔.

의식해서 펼친 것이 아니라 본능적으로 펼친 잠둔은 그들의 눈으로 확인하기엔 너무도 빨랐다.

팍!

바닥에 발을 댄 자 중 한 명의 목이 날아갔다.

"어……."

누군가가 입을 열려 했다.

푸학!

그 역시 목이 날아갔다.

어느새 적우강이 그들과 나란히 서서 양쪽 무인들의 목을 날려 버린 것이다.

이어진 자하검의 움직임은 잔인했다.

사람들의 얼굴을 돌아가게 만들고 허리를 휘어버렸으며 몸통을 갈라 버렸다.

와드득!

적우강은 마지막 한 명의 얼굴을 짓밟으며 위로 솟구쳤다.
응징할 대상을 찾아 움직인 것이다.

힐끔, 움직이지 못하는 당가환을 내려다보며 잔인하게 웃
는 것도 잊지 않았다.

당가환은 그 눈동자를 보며 몸을 부르르 떨었다.

십여 명을 죽인 적우강의 수법은 상상을 초월했다.

'내가 살성을 깨운 건가? 이럴 수가…….'

불과 며칠 전만 해도 이 정도는 아니었다.

*　　　*　　　*

"어딜 가는 건가?"

육양 상인이 서둘러 숙소를 나서는 경묵기와 문오언을 불
렀다. 두 사람은 상대가 육양 상인이란 것을 알아보고 잠시
시선을 교환했다.

"묻지 않는가, 어딜 가느냐고."

육양 상인은 두 사람이 대답을 못하자 더욱 궁금해진 표정
으로 다가갔다.

"할 얘기도 있고 산책도 할 겸 해서 나서는 중입니다. 상인
께서는 이 시각에 어쩐 일이십니까?"

"허허허. 자네들이 움직일 때를 기다렸지."

"예?"

"곤 대협을 어디서 만나기로 했나?"

경묵기와 문오언이 단독으로 움직일 리 없었다.

육양 상인은 곤오불이 먼저 움직일 거라 생각하다 두 사람을 발견한 것이다.

"사숙께선 당연히 숙소에 계시지요. 한데, 사숙께서 그러셨습니까, 저를 만난다고? 이상하네요, 숙소에 가면 뵐 텐데……."

"해줄 말이 있어서 왔네. 군웅들을 기만하는 행동은 이번한 번으로 그치게. 또 그런 일이 일어날 시에는 가만있지 않을 테니, 명심하게."

육양 상인은 경묵기와 문오언을 서늘하게 바라보고는 숙소로 발길을 돌렸다.

"상인, 그것은 상인의 생각입니다. 군웅들은 눈에 보이는것만 믿습니다. 어떻게 그게 나왔는지 전혀 궁금해하지 않는다는 거죠. 후후후."

경묵기는 육양 상인의 말을 무시하며 어둠 속으로 자취를감추었다.

"군악이가 저녁 내내 모습을 보이지 않는다고?"

화군명은 보고한 제자를 돌려보내며 뚜껑이 닫힌 찻잔을쳐다봤다.

화군악을 불러 해야 할 얘기가 있었다.

"그놈, 악건까지 꺾을 줄이야. 군웅들이 외치는 소리 때문에 신경 쓰여 잠도 못 잘 지경이다. 해결을 해야 해, 해결을."

적우강은 자하검에, 영웅까지 만들어주기엔 기본적으로 너무 많은 것이 부족한 자였다.

점창파는 멸문해서 찾아보기 힘들었고 지난바 재주는 그나마 봐줄 만하지만 그렇다고 화군악이나 소무백, 진부동 등과 견주기엔 그냥 그랬다.

"차라리 혁련궁처럼 독보적으로 뛰어나든지. 오 년 전이 호기였지. 아이들이 어려서 제대로 된 녀석들이 군웅대회에 나오질 않았어."

화군명은 혁련궁이 오 년 전에 우승한 이유를 출전자들의 부재라고 믿고 있었다.

딸이 있으면 자신의 사람으로 만들었겠지만 유감스럽게도 딸이 없었다.

"왜 안 오는 거야."

화군명이 답답한지 자리에서 일어나 창가로 가려 했다.

"손님이 찾아왔습니다, 장문인."

"들여보내라."

방문이 열리고 들어온 사람은 곤오불과 태극 진인, 대지 선사였다.

"어서 오십시오. 안 그래도 왜 안 오시나 했습니다."

화군명은 반색을 하며 자리를 내주었다.

"화 장문인, 얘기는 다 들었습니다. 수라검귀란 자를 공개적으로 처벌하기엔 너무 늦었습니다. 차라리 비무를 통해 정당하게……."

태극 진인은 저녁 내내 생각한 자신의 대답을 건넸다.

이번 대회에서 영웅이 탄생하면 구대문파의 정예들을 거느리게 될 텐데 적우강으로서는 역부족이란 평가가 지배적이었다.

누가 따르려 하겠는가?

구대문파의 제자가 중소문파 출신의 상관을 두려 한다?

말도 안 되는 소리였다.

알지만 알면서도 찬성할 순 없었다.

"내일 수라검귀가 비무대에 오르면 어쩔 수 없지만 그렇지 않다면 어쩌시겠습니까? 사실 이런 말씀을 드리지 않고 제가 해결하려 했지만 곤 대협이 극구 말리셔서 어쩔 수 없이 알리게 된 것입니다."

"아미타불, 빈승은 화 장문인께서 무슨 말씀을 하시는지 모르겠습니다."

대지 선사는 자신과는 무관하다는 뜻을 명확하게 밝혔다. 태극 진인 역시 곧바로 자리에서 일어났다. 두 사람 모두 못 들은 척하겠다는 것은 화군명이 알아서 하라는 뜻이었다.

자리에 남은 곤오불이 화군명에게 경묵기와 나눴던 내용을 말해주었다.

"구대문파와 오대세가의 후인들이 모여서 의논을 하는 중인가 봅니다. 새벽이라도 결과를 가져올 테니 그때 뜻대로 하셔도 될 듯합니다."

결과를 가져올 테니 무마시켜 달라는 의미였다.

"젊음은 그래서 좋은 것이 아니오? 하하하!"

화군명은 화군악의 주도하에 일이 만들어지고 있다는 얘기에 만족하고 있었다. 화산군웅대회에서 화산파가 우승하는 것은 화군명에겐 지극히 당연한 일이었다.

                    *   *   *

적우강은 인기척이 느껴지는 곳으로 올라섰다.

자하검을 든 손에서 피가 떨어지고 옷은 흐트러져 있으며 눈빛은 살기로 가득했다.

적우강이 올라선 곳에 있던 여덟 명의 후기지수들 중 적우강과 눈이 마주친 사람은 몸을 떨었다.

'저런 눈빛을 하고 있었나?'

그만큼 적우강의 눈빛에는 강한 살기가 실려 있었다.

"수라검귀, 정말이지 별호와 닮은 놈이구나."

화군악은 불쾌한 표정으로 말하며 적우강의 시선을 피했다.

"어디 있느냐?"

적우강의 단도직입적인 질문에 후기지수들은 안색을 굳혔다. 자신들을 대하고도 흔들림이라고는 보이지 않는 적우강에게 묘한 충동이 일었기 때문이다.

"우리가 보관하고 있다."

툭, 한마디 뱉으며 당백룡이 앞으로 나섰다.

당백룡은 여덟 명 중 유일하게 입가에 웃음을 띠고 있었다. 적우강이 이곳까지 왔다는 것은 당가환이 당했다는 것을 뜻했다. 약한 모습을 안 보이기 위해 일부러 웃음을 지은 것이다.

"보관… 쿡."

적우강의 낮게 깔린 목소리를 들은 후기지수들의 표정이 일그러졌다. 웃음만으로 등골이 오싹해진 까닭이다.

'이건 마치 굶주린 사자 앞에 선 늑대들 같구나.'

육양 상인의 명령으로 화군악 등과 함께 행동하고 있는 공동파의 기영인은 혀를 내둘렀다.

화군악이나 당백룡이 일을 꾸몄을 때 육양 상인의 명령만 아니었으면 기영인은 빠졌을 것이다.

"자자, 다들 너무 흥분하지 마시고. 적 소협, 우리 좋게 해결합시다. 당신이 내일 시합에만 나오지 않으면 당신의 사형을 돌려주고 돌아가도록 하겠소."

화군악과 당백룡이 적우강에게 원하는 것이 군웅대회 불참이라 판단한 것이다.

"누구 마음대로?"

당백룡이 코웃음 치며 기영인의 말을 잘랐다.

"당 소협?"

"기 소협, 왜 갑자기 나서는 거요? 우리가 저놈의 사형을 풀어준다고 해서 저놈이 얌전히 돌아갈 것 같소?"

"그게 무슨 말이오?"

조금 전까지 나눴던 얘기와는 상관없는 돌발적인 당백룡의 단독 행동에 기영인이 의아한 눈으로 반문했다.

"뭐긴 뭐겠소. 저 빌어먹을 살성은 자기 사형 따위는 관심이 없는 거요. 저런 놈인지 진즉부터 알고 있었소. 그나마 피를 흘리고 있는 걸 보니 약간의 위안은 되는군. 수라검귀, 사형을 살리고 싶으냐? 그럼 그 자리에 꿇어."

당백룡은 손가락 하나를 들었다가 그대로 바닥을 가리켰다.

"……!"

기영인이 해연히 놀라 당백룡을 쳐다봤다.

이것은 다른 후기지수들 역시 마찬가지였다.

화군악은 화산파의 제자들로부터 아래쪽 상황을 들은 후였다. 눈앞의 이 괴물이 소무백과 당가환을 물리쳤다고 했다.

"당 소협, 기 소협의 말도 일리가 있소."

화군악이 갑자기 분위기 파악도 못하고 끼어들었다.

당백룡은 짜증 섞인 눈으로 쳐다봤다.

"사형을 돌려다오."

적우강은 하늘을 올려다봤다.

한마디만 더 들으면 참을 수 없을 것 같았기 때문이다.

"돌려다오? 사형을 구하러 왔다며? 그럼 말을 들어야지. 그래야 적선하는 셈치고 풀어줄 생각이 요만큼, 손톱만큼이라도 생길 거 아냐. 꿇어, 이 새끼야!"

당백룡은 잔인하게 웃으며 다시 한 번 손가락으로 땅을 가리켰다.

"당 공자, 몰아붙이기만 할 게 아니라……."

화군악이 조심스럽게 당백룡의 행동을 제지시키려 했다. 하지만 당백룡은 이미 화군악의 말을 듣지 않고 있었다.

"화 공자, 저놈은 구대문파를 욕보인 놈이오. 저런 놈은 확실히 해놓지 않으면 또다시 기어오르게 되어 있소."

당백룡의 말을 들었을 텐데도 적우강은 움직이지 않았다. 당백룡은 자신의 말이 먹혀들었다고 확신하며 득의양양한 얼굴로 화군악을 돌아봤다.

"어떻소, 화 공자? 만약을 대비하길 잘했지 않소? 저놈의 사형이 우리에게 있는 한 저놈은 우리 말을 들을 수밖에 없소."

당백룡의 목소리에는 확신이 담겨 있었다.

적우강이 주정민을 만났을 때를 기억하는 까닭이다.

그러나 그때와 지금의 적우강은 달랐다.

당백룡의 예상을 깨고 적우강이 여덟 명을 향해 곧장 걸어왔다.

주춤.

여덟 명이 동시에 뒤로 물러섰다.

'이럴 리가 없는데.'

당백룡은 자신의 예상이 깨지자 다급해졌다.

적우강의 머리칼이 바람도 없는데 흩날렸다. 차갑게 가라앉은 눈빛과 전신에서 뿜어지는 살기가 여덟 명을 몰아붙였다.

'이, 이건 아니다.'

'당백룡의 예상이 틀렸다. 어쩌지……?'

사냥하기 위해 모인 사람들이 적우강의 한 걸음으로 인해 사냥당하는 입장이 되고 말았다.

"저, 적우강! 네 사형이 우리 손에 있다는 걸 잊은 거냐!"

당백룡이 급히 소리쳤다.

일단 구자귀가 있는 곳까지 가야 했다.

그러나 적우강은 여전히 말없이 다가왔다.

"모, 모두 공격하시오! 이놈은 피를 흘리고 있소. 허세를 부리고 있는 거요!"

당백룡의 말에 후기지수들의 시선이 적우강의 손으로 향했다. 물러서던 후기지수들이 자세를 잡고 바로 섰다.

그제야 적우강의 신형도 멈췄다.

당백룡은 화군악을 데리고 뒤로 빠졌다.

"서두릅시다, 화 공자."

"……?"

"그자가 있는 곳으로 가야 하오."

"그자?"

"저 괴물의 사형이 있는 곳 말이오."

"여기 있잖소."

화군악이 무슨 말이냐는 듯한 눈으로 쳐다보자 당백룡은 고개를 가로저으며 조용히 몸을 날렸다. 고개를 돌려 적우강이 따라오는지 확인했으나 다행히 앞에 있던 기영인이 적우강과 대화를 시도하고 있었다.

"적 소협, 잘 생각해야 하오. 지금 우리와 싸우게 되면 적 소협은 앞으로 강호에 발붙일 곳이 없게 될지도 모르오."

기영인의 진심 어린 충고였으나 적우강은 아무 소리 못 들은 사람처럼 걸음을 멈추지 않았다. 그것만으로도 여섯 명에겐 충분히 자극이 될 수 있었다.

기영인도 더 이상은 어쩔 수 없었다.

막 여섯이 나서려 할 때였다.

"다들 내게 양보하면 안 되겠소?"

엉뚱한 곳에서 긴장을 깨는 목소리가 들려왔다.

"진 소협?"

"그렇소. 소림의 진부동이오."

건장한 체구를 드러내며 진부동이 나타났다.

"진 소협은 이번 일에 나서지 않는다고……."

"맞소. 나는 이번 일에는 관심이 없소. 이곳에 온 이유는 오직 저 소협 때문이오. 실력을 내게도 보여주겠소, 수라검귀?"

진부동은 결연한 의지를 보였다.

올라오는 길에 망연자실한 표정으로 앉아 있는 소무백을 만난 까닭이다.

소무백이 수라검귀에게 졌다는 사실은 진부동의 심장을 달굴 충분한 이유가 될 수 있었다.

"그게 무슨 말입니까, 진 소협?"

"무당의 소무백이 수라검귀를 막지 못했소."

"무당의 소무백이……."

기영인은 황당한 눈으로 적우강을 돌아봤다.

화군악과 당백룡은 그것을 알았을까?

하지만 기영인의 생각은 이어지지 않았다.

"상처가 심하오?"

진부동은 적우강의 손에서 흐르는 피를 보고 잠시 주저했다. 괜찮다는 말을 듣고 싶었다. 이미 덥혀질 대로 덥혀진 심장은 적우강과 싸우기 전에는 식지 않을 것이다.

적우강은 대답하지 않았다.

"대답하지 않는 건, 괜찮다는 뜻으로 받아들이겠소."

진부동의 결정에 기영인 등은 다시 한 번 놀라고 말았다. 소림의 진부동이 상대가 다쳤음에도 싸우자고 하는 것이다.

"지, 진 소협!"

"기 소협, 그런 눈으로 보지 마시오. 여섯 명이 한 사람과 싸우는 것보다 내가 나서는 편이 훨씬 모양새가 좋아 보이지 않소?"

"……!"

기영인은 할 말을 잃고 입을 다물었다.

말을 마친 진부동이 먼저 선공을 가했다.

가볍게 손을 내저은 것처럼 보였으나 희끗거리는 빛은 진부동의 주먹을 빠져나간다 싶은 순간 적우강의 몸을 강하게 때렸다.

쾅!

"역시!"

진부동은 호쾌한 탄성과 함께 재차 공격해 갔다.

금강보를 펼쳐 부동명왕처럼 전신의 기운을 폭발시키며 한 손으로는 백보신권을 다른 한 손으로는 항마신장을 펼쳤다.

그 기세로 조금 전 공격의 여파가 걷히며 적우강의 모습이 드러났다.

방어에 급급하거나 위축됐어야 정상인데 적우강은 처음과 같은 자세를 취하고 있었다.

콰쾅!

거친 폭음과 함께 두 사람의 신형이 양쪽으로 갈라졌다. 두 사람은 땅에 발이 닿기 무섭게 다시 거리를 좁혀 들어갔다.

적우강의 입가에 잔인한 미소가 그려졌다.

쉬악.

진부동은 몸을 비스듬히 틀며 자하검의 검신을 주먹으로 때렸다.

쾅!

"윽!"

자하검을 통해 전해지는 반탄력으로 인해 진부동의 신형이 흔들렸다. 진부동은 금강보로 신형을 고정시키며 연속해서 권을 십여 번이나 뻗었다.

엄청난 공격 능력이 아닐 수 없었다. 대수롭지 않게 뻗는 것 같지만 진부동의 주먹은 백보신권이었다.

두 사람의 싸움은 이미 지켜보는 이들의 영역을 벗어나 있었다.

"대단하다."

기영인의 혼잣말에 나머지 후기지수들은 일제히 고개를 끄덕였다.

지켜보는 사람이야 감탄하면 그만이지만 싸우는 당사자는 전혀 달랐다.

'백보신권을 저렇게 쉽게 막아? 게다가 반격까지.'

소림사에서 백 년 내 최고의 기재란 소리를 듣고 자란 진부동에게 있어 호적수는 오직 무당의 소무백뿐이었다. 적어도 적우강과 손속을 교환하기 전까지는.

'정은 동을 지배한다.'

진부동은 인상을 쓰며 신형을 땅에 고정시켰다.

쿠웅!

땅을 울리는 충격이 주위를 떠들썩하게 만들었다.

"오라!"

양손을 들어 천지번천세의 자세를 취하며 양손을 서서히 좁혀갔다. 진부동은 양손에 엄청난 기운을 집중시켰다.

"무상대능력!"

기영인은 자신도 모르게 부르짖었다. 자신의 말을 적우강이 듣고 조심하길 바라는 외침이었다.

무상대능력은 내공 소모가 엄청난 소림칠십이절예 중 상위에 속해 있는 절기였다. 내공에 따라 그 영역이 달라지는데, 진부동이 펼친 무상대능력은 약 이 장여에 달하고 있었다.

그 영역 안에서는 그 어떤 공격도 진부동의 시야를 벗어날 수 없었다. 무서운 것은 공격하는 사람은 그런 사실을 전혀 인지하지 못한다는 것이다.

그러나 거기엔 조건이 있었다. 바로 상대보다 월등히 뛰어난 내공이 있거나 적어도 높아야 한다는 점이었다.

'이, 이럴 수가!'

무상대능력을 펼치던 진부동의 눈이 경악으로 물들었다. 적우강의 공격을 읽으려고 무상대능력까지 펼쳤건만 어떤 공격이 펼쳐질지 떠오르질 않은 까닭이다.

'저자가 나보다 내공이 높다는 건가…… 소무백을 이긴 건 우연이 아니었어.'

진부동은 다가오는 자하검을 보며 재빨리 양손을 교차시켜 권경을 내뿜었다.

쾅!

"큽!"

교차시킨 진부동의 양손이 가슴까지 밀리며 자세가 깨지고 말았다.

퍽! 퍽! 퍽!

뒤로 세 걸음이나 물러서고 나서야 멈춰 섰다.

"엄청난 힘……."

진부동은 적우강의 이어질 공격에 대비하기 위해 양손을 들어 올리려 했으나 팔에 힘이 들어가질 않았다. 이대로 적우강이 자하검을 휘두른다면 죽을 수밖에 없었다.

장내에 잔인한 침묵이 감돌았다.

여섯 명의 후기지수들은 적우강의 행동에 촉각을 곤두세우고 지켜봤다.

"윽."

자하검을 들어 올리던 적우강이 갑자기 신음을 토하며 팔을 내렸다. 한 방울씩 떨어지던 피가 팔꿈치를 타고 쏟아진 까닭이다.

찌— 익.

적우강은 옷을 찢어 검과 손을 동여맸다.

"다행이구나……."

진부동 덕분에 정신을 차릴 수 있었다. 그만큼 진부동의 공격이 강력했음을 뜻했다. 그렇지 않았다면 자하검이 그토록 격렬하게 손에서 빠져나가려 하지 않았을 테니까.

적우강은 이내 몸을 돌려세웠다.

여전히 피는 흘러내리고 있었다. 옷을 찢어 동여맨 건 지혈을 하기 위해서가 아니라 검을 손에 묶기 위한 것이다.

"잠룡을 건드렸구나."

적우강의 뒷모습을 보며 기영인이 중얼거렸다.

군웅대회나 후기지수들에게 과연 관심이 있었을까?

기영인의 의문이었다.

어느 쪽이든 관심이 있었다면 저대로 그냥 갈 리가 없었다.

"저 손으로 나와 소 소협을 이긴 건가? 멋지군. 멀었구나, 진부동. 아직 멀었어. 날이 밝는 대로 소림으로 돌아가자. 그동안 나는 우물 안 개구리였단 말인가?"

패배를 인정하는 진부동의 목소리는 의외로 밝았다.

소무백과 자웅을 결하고 싶은 욕심 때문에 참가한 대회였으나 엉뚱한 곳에서 목표가 생기고 말았다.

"후우……."

진부동은 적우강의 뒷모습을 보며 한숨을 내쉬었다.

나머지 육 인은 침묵으로 진부동의 말에 동조했다.

진부동과 소무백을 겪은 사람이 나타난 것이다.

"이번 군웅대회에서 영웅이 탄생하긴 했네요. 저도 공동파
로 돌아가렵니다."

기영인이 고개를 절레절레 저었다.

기영인의 말에 나머지 후기지수들도 한숨을 내쉬며 돌아
서기 시작했다.

그때였다.

"잠깐만요! 적 소협은 어디 있죠?"

허공에서 들려온 목소리에 일제히 고개를 돌리자 달빛을
타고 아름다운 여인 셋이 내려섰다.

"누구……."

"저는 당가의 당백지라고 해요. 이곳에 적 소협이 오지 않
았나요?"

어디서 들었는지 당백지는 적우강이 이곳에 있다는 확신
에 찬 눈빛이었다.

"다 알고 왔네."

당백지와 함께 내려선 여인 중 중년 여인이 나섰다.

'무슨 눈빛이…….'

기영인은 여인의 눈빛과 마주한 것뿐인데 가슴이 서늘해지는 것을 느꼈다.

"소림의 진부동이 검후를 뵙습니다."

진부동이 중년 여인을 향해 포권을 취하자 여섯 명의 후기지수들은 일제히 경악한 표정을 지었다.

검각주 검후 호옥청.

이 이름을 듣고 멀쩡하게 서 있을 명청이는 없었다.

여섯 명은 일제히 포권을 취했다.

"다들 인사는 그만 하고 백지가 찾는 사람의 행방이나 알려주게."

호옥청의 목소리에서는 귀찮음이 느껴졌다.

그러나 기영인 등은 말하는 것이 주저될 수밖에 없었다. 오늘 일은 비밀이기 때문이다.

"검후께서 찾으시는 적 소협은 저쪽으로 갔습니다."

기영인은 피 흘리며 걸어가던 적우강의 뒷모습을 떠올렸다. 검후라면 당백룡과 화군악을 막아줄 수 있으리라 믿었다.

"고마워요."

"서둘러야 할 겁니다, 많이 다쳤으니."

"다쳐요?"

당백지가 막 신형을 날리려다 놀란 눈이 되어 뒤를 돌아봤다.

"손을……."

기영인의 말이 끝나기도 전에 당백지는 몸을 날렸다.

그 뒤를 검후와 혼원예가 따라갔다.

"내일, 큰일이 벌어지겠네. 사숙님은 도대체 무슨 생각으로 나를 보내신 거지? 뭐, 나도 할 말은 있지. 무당의 소무백과 소림의 진부동을 물리친 사람을 무슨 수로 막아? 끙!"

기영인은 머리가 욱신거렸다. 괜히 이상한 일에 휘말려 이러지도 저러지도 못하게 된 탓이다.

*　　　*　　　*

선택은 아주 간단했다.

손에 들고 있는 것을 놓을 것이냐, 아니면 계속해서 들고 있을 것이냐.

적우강은 손바닥을 잘라 버릴 듯이 예기를 뿜어대는 자하검을 놓고 싶었다. 들끓는 분노로 화산 전체를 녹여 버리고 싶었다.

그러나 적우강은 자하검을 놓지 않았다.

콰쾅!

화군악이 펼친 매화삼십육신검형(梅花三十六神劍形)은 보통 검기로는 만들어질 수 없었다. 검기의 응집을 통해서만이 개개의 검형이 검사와 같은 위력을 가질 수 있기 때문이다.

당백룡의 공격 또한 화군악에 비해 전혀 뒤지지 않았다. 환살이란 암기 하나에는 삼십여 개의 암기가 들어 있었다. 도합 이백여 개가 넘는 천뢰폭우구환살(天雷暴雨九換殺)은 화군악의 매화삼십육신검형 못지않은 위력이 담겨 있었다.

적우강은 피 흘리는 손으로 매화삼십육신검형의 검형들을 모조리 박살 냈다. 그 충돌로 인해 화군악의 신형이 대(大) 자로 펼쳐지며 벽 속에 틀어박혔다.

퍽!

화군악이 벽에 부딪치는 모습을 지켜보던 적우강의 어깨가 뒤로 젖혀졌다.

당백룡의 천뢰폭우구환살 중 하나가 적우강의 어깨에 박히며 안에서 터져 버린 것이다.

퍼버버벅.

이어진 여덟 개의 구체도 차례대로 적우강의 전신에 꽂히며 폭발을 일으켰다.

"크하하! 네 몸속에는 이백 개가 넘는 암기가 혈을 따라 돌게 됐다."

"그 정도로는… 나를 어찌할 수 없다."

적우강의 몸에서 연기 같은 것이 피어오르며 당백룡을 향해 다가갔다.

"그, 그 몸으로 움직일 수 있다고?"

당백룡의 얼굴이 해쓱하게 변했다.

적우강이 멀쩡하게 움직일 수 있으려면 한 가지 경우밖에는 없었다. 적우강의 몸속으로 들어간 암기가 모두 녹은 것이다.

"오, 오지 마! 오기만 하면 네 사형을……."

당백룡은 떨어지지 않는 발을 질질 끌면서 구자귀를 죽이겠다는 위협을 하려 했다. 하지만 아무리 손을 허우적거려도 구자귀는 곁에 없었다.

실패할 줄은 꿈에도 생각지 못했기에 어떻게 하면 이 자리를 빠져나갈 수 있을지 생각했다.

구자귀는 벽 뒤쪽에 있었다.

괴물 같은 놈이었다. 남겨두고 온 후기지수 여섯을 상대했으면 당연히 지쳤어야 하건만 너무도 멀쩡하게 그와 화군악의 합공을 막아냈다. 일단은 이 자리를 피해야 했다. 몸을 돌려 구자귀가 있는 곳까지 가기만 하면 살 수 있었다.

푹!

"……?"

당백룡은 움직일 수 없자 뒤를 돌아봤다.

허벅지에 꽂힌 자하검을 봤다.

너무 큰 고통은 오히려 고통을 잊게 만드나?

당백룡은 비명도 지르지 못했다.

자하검을 쥐고 있는 적우강의 모습.

사신(死神).

당백룡의 목숨을 가져갈 사신이 그곳에 있었다.

그때, 자하검이 당백룡의 허벅지에서 뽑혔다.

"끄아아아아악!"

자하검이 뽑혀지며 뿜어지는 피분수를 본 까닭이다.

눈을 통해 자신의 상태를 인지하고 나서야 그것이 얼마나 고통스러운지 깨닫게 된 것이다.

"제, 제발… 나, 나는 네 사, 사형을… 안 돼!"

당백룡은 양손으로 자신의 눈을 가렸다.

적우강의 검이 다시 내리꽂혔기 때문이다.

그때였다.

땅!

경쾌한 음향이 터졌다.

당백룡은 몸에 아무런 고통이 전해지지 않자 슬그머니 손을 내렸다.

"그 정도면 됐다."

아름다운 중년 여인이 적우강을 타이르며 서 있었다.

"그래요, 적 소협. 구 소협은 괜찮아요."

'배, 백지!'

당백룡은 재빨리 뒤를 돌아봤다.

정말로 당백지가 있었다.

"배, 백지야, 잘 왔다. 저, 저놈이 나와 화 공자를……. 주 소협의 일도 있고 해서 사형이란 자를 찾아줬더니 이런 식으로 갚는구나."

"구 소협을 찾았으면 적 소협을 찾아갔어야지, 이곳에는 왜 부른 거예요."

당백지의 목소리가 무척 차가웠다.

"그, 그건……."

"주 소협의 일은 숙부님과 오빠가 잘못한 거잖아요. 한데 그 일에 앙심을 품고 구 소협까지 저렇게 만들어요? 실망이에요."

당백지는 피 흘리며 서 있는 적우강을 보며 눈물을 참을 수가 없었다.

"적 소협, 구 소협은 괜찮아요. 제발……."

그때, 당백지를 절망하게 만드는 말이 들렸다.

"독까지 썼네. 도대체 무슨 생각으로 이런 행동을 한 거죠, 당 소협?"

뒤쪽에서 구자귀를 안고서 나타난 혼원예가 어이없는 표정으로 당백룡에게 물었다.

"내, 내가 한 게 아니오."

"오늘 모인 사람들 중에 독을 사용하는 사람이 당 공자 외에 또 있었나 보죠? 지금 아래쪽은 난리가 났어요. 곧 화산 장문인께서 오실 텐데… 화 소협이 저렇게 된 걸 보면 당신을 죽이려 할지도 몰라요."

"화, 화 장문인께서!"

당백룡이 부르짖었다.

그 행동은 모든 것을 인정하는 외침이었다.

혼원예는 고개를 저으며 구자귀의 몸에 침을 놓고는 화군악에게 다가갔다.

"호, 혼원 소저, 나도 치료가 필요하오. 이 허벅지를 보시오."

일단 살고 보자는 것인가?

혼원예는 당백룡의 뻔뻔한 얼굴을 보고 화도 나지 않았다.

"그건 적 소협에게 물어봐요. 적 소협이 치료해 주라고 하면 그때 생각해 보도록 할게요."

"호, 혼원 소저! 배, 백지야, 너라도……."

혼원예의 차가운 태도에 당백룡은 당백지를 찾았다.

그러나 당백지는 시선조차 돌리지 않았다.

"아, 안 돼! 배, 백지야!"

당백룡은 적우강을 돌아봤다가 창백한 얼굴이 더욱 하얗게 질린 채 다급하게 외쳤다.

그러나 이미 적우강은 당백룡을 향해 움직이고 있었다.

"적 소협, 안 돼요!"

당백지가 부르짖으며 적우강을 막으려 했다.

"백지야, 잠시 물러서 있어라."

쉭!

당백지를 제지시킨 검후가 앞으로 미끄러졌다.

호옥청은 상황을 더 이상 지켜볼 수 없어 나서고 말았다.

쾅!

호옥청은 당백룡을 향해 뻗어나가는 적우강의 검기를 가볍게 튕겨내 버렸다.

"진… 헛!"

호옥청은 진정하란 말을 하다 적우강의 공격이 자신을 향하자 어쩔 수 없이 손을 써야 했다.

적우강의 검기가 아무리 종횡으로 뻗어 나와도 호옥청에겐 위협이 되질 못했다.

쾅!

적우강의 검기가 조금 전보다 강했다.

쾅!

더 강해졌다.

콰쾅!

호옥청은 내공을 오성까지 올려 적우강의 공격을 막아야 했다.

'어처구니가 없군. 이 청년, 검무에선 실력을 숨겼던 건가?'

적우강은 강했다.

검무에서 보여주던 부드러움이라고는 찾아볼 수 없었다. 강렬하며 호옥청조차 좀처럼 느끼기 힘들 정도의 패도적인 검을 구사하고 있었다.

"그만."

호옥청의 목소리가 날카로워졌다.

그러나 적우강은 호옥청의 말을 무시하고 다시 검을 뽑았다.

"감히 검후의 경고를 무시하겠다는 거냐!"

호옥청의 눈빛이 달라졌다.

진심으로 할 생각이 든 것이다.

파앗.

호옥청의 월령검에서 강렬한 빛이 사방으로 퍼졌다.

이 정도의 빛이라면 잠시라도 주춤할 만한데 적우강은 눈한 번 깜짝하지 않고 검을 휘둘렀다.

콰!

호옥청의 검을 감싸고 있던 빛이 적우강의 검을 막으며 교교히 빛을 뿌렸다.

월령검법 중 월하만천.

달빛이 호옥청의 손짓에 따라 다시 모여들었다.

쉭.

적우강이 자리에서 사라졌다.

팟.

호옥청 역시 자리에서 사라졌다.

콰!

쏴아아―

적우강과 검후의 격돌은 혼원예와 당백지의 옷자락을 펄

럭이게 만들며 주위로 퍼졌다.

"대단하다……."

혼원예는 진심으로 적우강에게 감탄했다.

호옥청의 공격을 저렇게 오랫동안 받아내는 사람을 처음 본 것이다.

그때였다.

"적 소협!"

당백지가 입을 가리며 적우강에게 달려갔다.

멀쩡하게 서 있던 적우강이 갑자기 뒤로 쓰러진 까닭이다.

"도대체……."

호옥청은 검을 쥔 손을 주억거리며 쓰러지는 적우강을 쳐 다봤다. 어이없게도 이십대 초반의 청년 하나를 상대하기 위 해 월령검법을 칠성이나 사용한 것이다.

달려와 적우강을 안고 우는 당백지를 보자 갑자기 울컥해 지고 말았다.

"여자들이란……."

말을 하고 돌아서는데 혼원예가 묘한 눈으로 호옥청을 보 고 있었다.

"왜?"

"호호호. 아니에요."

혼원예는 한쪽 눈꼬리를 올리며 웃었다.

조금 전 호옥청이 한 말은 그녀가 가장 싫어하는 말이기 때문이다.

"싱겁긴."

평상시처럼 말을 하려고 했지만 적우강이 신경 쓰이는지 검을 집어넣으며 돌아봤다.

"……!"

호옥청의 눈이 휘둥그레졌다.

꿈틀.

적우강의 손이 당백지의 팔을 잡는 모습을 봤기 때문이다.

"구… 구……."

적우강은 당백지의 손을 꼭 쥐며 입을 열었다.

무의식중에도 구자귀를 찾는 것이다.

다른 사람들은 모르겠지만 그 모습은 당백지에게 충분히 감동적이었다.

고개를 숙여 적우강의 귀에 입술을 갖다 댔다.

"구 소협은 괜찮아요. 적 소협도 괜찮을 거구요. 제가 있잖아요."

의식이 남아 있었던가?

꼭 쥐고 있던 적우강의 손이 거짓말처럼 느슨하게 풀어졌다.

"배, 백지야……."

뒤쪽에서 당백룡이 안타깝게 부르는 소리가 들렸다.

당백지는 적우강을 안고서 뒤를 돌아봤다.

"오빠, 아직도 할 말이 있어요?"

"내가 그런 게 아니다. 모두 숙부님께서……."

"정말이지 질렸어요, 숙부님한테도 오빠한테도."

당백지의 목소리는 담담했다. 마치 감정이 사라진 사람 같았다. 당백룡은 더 이상 입을 열지 못했다.

"용서… 못해요."

당백지는 주저없이 돌아섰다.

第三章
적우강, 화산을 떠나다

　화산군웅대회에 참석했던 소림사의 대지 선사와 일행은
한나절 동안 한마디도 하지 않고 신법을 펼치는 중이었다.

　반나절만 더 가면 하남성 남소(南召) 부근에 도착하게 되는
데도 진부동의 굳게 닫힌 입술은 열릴 생각이 없어 보였다.

　"잠시 쉬었다 가자꾸나."

　대지 선사는 신형을 멈춰 세우며 자리에 앉았다.

　숲으로 둘러싸인 주위는 무척 조용했다.

　"갑자기 떠나자고 말씀드려 죄송합니다."

　진부동이 조심스럽게 입을 열었다.

　"허허허. 이유가 있겠지."

"어제 새벽에 일이 있었습니다."

"……."

대지 선사는 조용히 고개를 끄덕였다.

이유없이 떠나자고 할 진부동이 아니기 때문이다.

"사부님께서 군웅대회에 참가하라고 하셨을 때만 해도 제 상대는 한 명밖에 없을 거라 생각했습니다."

"무당의 소무백이라면 네가 그런 생각을 했을 것도 같구나. 허허허."

"예. 소무백을 처음 봤을 때 무당의 검이 보였으니까요. 한데… 한 사람을 봤습니다."

진부동은 적우강을 떠올리며 씁쓸한 웃음을 지었다.

그보다 서너 살 이상 어리고 날도 서지 않은 검을 든 청년. 야수처럼 눈을 번뜩이며 돌아보던 그 눈을 잊을 수 없을 것 같았다.

"저도 모르게 비무를 청한다는 말을 하고 있었습니다."

"……."

"그는 귀찮은 눈으로 저를 보더군요."

"네가 비무를 먼저 청했다는 게냐? 무당의 소무백도 아닌 자에게? 그가 누구냐?"

대지 선사는 진부동을 그윽한 눈으로 바라봤다. 진부동은 자존심이 강해 부러질지언정 휘어지는 성격이 아니었다. 그런 진부동이 먼저 비무를 청했다고 하는 것이다.

"수라검귀입니다."

"……!"

진부동의 대답에 대지 선사의 표정이 묘하게 변했다.

대지 선사가 본 적우강은 강하기는 했지만 진부동을 상대할 정도의 실력을 지닌 자가 아니었기 때문이다.

"이 사숙이 잘못 들은 것 같구나. 지금, 수라검귀라고 했느냐?"

"그랬습니다. 제가 수라검귀에게 비무를 청했고… 졌습니다."

"……."

"단순히 내려친 것 같은 그 일검에 무상대능력이 깨져 버리고 말았습니다."

진부동은 여기까지 말을 하고는 일어나 대지 선사 앞에 무릎을 꿇으려 했다. 하나 대지 선사는 가볍게 손을 저어 진부동의 행동을 막았다.

"됐다."

"제 섣부른 행동으로 소림의 이름에 누를 끼쳤습니다."

"앞으로 그러지 않으면 되느니. 허허허. 장문 사형께선 어쩌실지 몰라도 이 사숙은 흡족하구나. 자칫 심마에 빠질 수 있는 일을 지혜롭게 깨우치는 네 모습이 보기 좋구나."

"…죄송합니다."

"아니다. 이 사숙은 너를 믿는다. 아니, 소림의 아직은 깨어나지 못한 용을 믿는다."

진부동은 고개를 들어 대지 선사를 바라봤다.

평소에는 안 보이던 큰마음이 눈에 들어왔다.

'이것이구나!'

진부동의 눈동자가 마구 떨렸다.

조금 아는 것이 있다 하여 스스로를 뽐내 남을 깔본다면 이
는 장님이 촛불을 든 것과도 같아 남을 비추지만 정작 자신은
밝히지 못하는 것이다.

경전에 나오는 얘기였다. 이미 알고 있는 말이 왜 새삼 부
끄러움과 함께 다가오는지 몰랐다.

"알겠느냐?"

너무도 적절한 질문이라 진부동은 깜짝 놀라 대지 선사를
바라봤다. 대지 선사는 웃고 있었다. 진부동이 어떤 대답을
할지 알고 있는 것 같았다.

"…알겠습니다."

"허허허. 작은 것을 잃고 큰 것을 얻었구나. 소림의 홍복이
아닐 수 없구나."

진부동은 환하게 웃는 대지 선사를 보며 차마 소무백도 그
날 수라검귀에게 졌다는 말은 할 수 없었다.

상주(商州) 근방에 위치한 주루.

찻잔을 쥔 태극 진인의 손이 떨렸다.

"사실이냐?"

태극 진인은 소무백을 똑바로 바라보며 물었다. 이미 다 들었음에도 믿기지 않은 까닭에 다른 대답을 듣고 싶은 것이다.

"…예."

"암습을 일삼는 자라고 들었다."

소무백의 대답을 들었던가?

태극 진인의 입에서 엉뚱한 말이 나왔다.

"정당하게 싸웠습니다."

"아니! 아니라고 해라."

"사실입니다."

소무백은 자신의 뜻을 굽히지 않았다. 태극 진인은 다시 한 번 소리치려다 질끈 눈을 감고 말았다.

소무백을 아끼는 까닭이다. 이 일로 인해 자신감을 잃을까 봐, 무공 익히길 소홀히 할까 봐 걱정된 까닭이다.

치이익—

"……?"

기이한 소리에 태극 진인의 눈이 떠졌다.

소무백이 빈 찻잔을 손바닥 위에 올려놓고 있었다.

분명히 조금 전까지 차가 담겨 있던 찻잔이었다.

"뭘 한 게냐?"

"태극진파로 밀어냈습니다. 비운 만큼 담을 수 있게 해주는 것이 태극진파라고 하셨잖습니까. 그렇게 할 수 있게 됐습니다."

"……."

태극 진인은 눈만 껌뻑거렸다.

태극진파로 찻잔 안의 물을 허공으로 밀어내기 위해서는 최소 구성 이상의 공부가 있어야 했다.

'겨우 오성에 불과한 공부로 어떻게…….'

"수라검귀와 싸울 때 깨달았습니다, 이런 것도 가능하다는 것을."

"그때는 안 된 게냐?"

태극 진인의 말투가 바뀌었다. 방금 보여준 소무백의 공부에 비무의 내용이 궁금해진 것이다.

"됐습니다."

"됐다고? 그런데도 졌다는 게냐?"

"예. 아마도……."

소무백이 묘하게 대답을 하고는 태극 진인을 바라봤다. 묻고 싶은 것이 있는 표정이었다. 하지만 이내 소무백은 고개를 저으며 입을 다물었다.

"무엇이냐?"

"아닙니다."

"할 말이 있으면 하거라, 더 놀랄 일도 없으니."

태극 진인의 말에 소무백은 고소를 머금었다.

"말도 안 되는 생각을 했습니다."

"들어보자꾸나."

"아마 수라검귀의 공부가 지금으로 멈추면 몰라도 그렇지 않으면 제게도 다른 공부가 필요할 것 같습니다. 태극진파를 넘어서는 그 무엇이요."

"……."

태극 진인의 눈에 부쩍 성장한 소무백의 모습이 들어왔다. 어떠한 공부라도 일정 시간이 흐르면 목표가 필요하고 길이 필요하게 된다. 소무백은 지금 그것을 추구하고 있었다.

"장문 사형께 말씀드리마. 장문 사형의 잘난 막내 제자가 이제야 걸음마를 뗐다고. 갈 길이 멀다, 서두르자."

태극 진인은 웃으며 자리에서 일어났다. 첫 패배를 멋지게 이겨낸 사질의 모습이 너무도 자랑스러워 입가에 웃음을 지우지 못했다.

'그나저나 그건 정말… 마기였을까?'

소무백은 아직 자리에서 일어나지 않았다.

태극진파를 단 일검에 날려 버린 적우강의 강렬함.

인간의 몸으로 두 가지 기운을 동시에 지닐 수 없다는 건 코흘리개 어린애도 아는 사실이었다.

두려움 때문일 것이다.

소무백은 그렇게 믿기로 하고 자리에서 일어나 태극 진인의 뒤를 따랐다.

펑!

대전의 문이 박살나며 한 사람이 튀어나갔다.

"헉! 무, 문주님!"

화산파 장로들이 일제히 달려들어 바닥에 내동댕이쳐진 화군명을 받아들려 했다.

"내버려 둬!"

대전 안에서 호통이 떨어졌다.

장로들의 동작이 거짓말처럼 멈췄다.

"자하검이 어떤 검이더냐! 칠백 년 전에 화산파를 살렸던 검이다. 그걸 내줬다고? 이런 빌어먹을 장문인아! 내가 너 때문에 미친다, 미쳐!"

대전 안에서 걸어나온 노인.

작지도 크지도 않은 체구지만 혁혁한 안광을 뿜어내며 화군명을 잡아먹을 듯이 노려봤다.

화산백로 화유성.

화군명의 부친이자 화산제일검인 동시에 소림삼신승과 같이 배분이 가장 높았다. 군웅대회가 열리면 시끄러울 테니 바람 좀 쐬고 오겠다며 몇 달 전에 화산파를 떠났다가 군웅대회가 끝나는 날인 오늘 도착한 것이다.

"너희들은 뭘 했더냐. 저놈이 자하검을 상으로 내건다고 했을 때 말렸어야 할 것이 아니냐!"

"……!"

장로들의 안색이 파랗게 질렸다.

평생 자하검에 대해서는 언급조차 없던 분이 갑자기 이 난리를 치자 변명할 생각도 들지 않는 것이다.

쾅!

아무리 장로들이 호신강기를 펼쳤다고 해도 강기(罡氣)를 마음대로 일으키는 화유성의 손을 막을 수는 없었다.

"모두 들어와."

사방으로 흩어졌다 겨우 몸들을 일으키는 것을 보고서야 화유성은 손을 내렸다.

"누구에게 주었느냐?"

화유성은 최대한 조용히 물었다.

그러나 화군명은 고개도 못 들고 꿀 먹은 벙어리처럼 가만히 있었다.

"아직 정신이 들 든 게냐?"

"아, 아닙니다, 아버님."

"아버님?"

"태, 태상장문인께선 잠시 노여움을 푸시고……."

"그건 내가 알아서 할 테니 너는 묻는 말에 대답이나 해라."

"혀, 혁련세가에 주었습니다."

"혁련세가? 알았다."

화유성이 자리에서 일어나려 했다.

"하, 한데……."

"한데?"

"혁련궁이, 그러니까 무림맹의 총순찰이 다른 자에게 선물을 했습니다."

"선물? 화산파의 자하검을 주었는데 그걸 다른 자에게 주었다고? 보물을 몰라보긴 그놈이나 네놈이나 똑같구나. 그래서 누구에게 주었다더냐?"

화유성의 양쪽 눈썹이 치켜 올라갔다.

대단히 노했다는 표시였다.

"점창파의 적우강이란 애송이에게……."

"점창파?"

갑자기 화유성의 눈에 이채가 감돌았다.

*　　　　*　　　　*

사천성 파중에서 오백여 리 위쪽의 한 마을.

각양각색의 좌판대가 끝도 없이 펼쳐져 있고 좌판대의 수만큼이나 많은 미녀들이 주루마다 가득하며 거리는 인파들이 끊이질 않았다.

이곳은 신분을 밝히지 않아도 되며, 물건의 사용 출처를 말하지 않아도 되며, 정도든 마도든 누구나 물건을 구입할 수 있다는 만물촌(萬物村)이었다.

하오문의 총분타이기도 했다.

똑똑.

만물촌의 많고 많은 주루 중 유독 높이 치솟은 봉황루의 십층 방문을 두드리는 소리였다.

"산산입니다."

방문이 열리며 흑발을 어깨까지 내린 미모의 여인이 다소곳한 걸음으로 들어와 차양이 쳐진 곳을 향해 한쪽 무릎을 꿇었다.

"산산이 네가 웬일이냐? 내가 직접 나설 일이라도 있느냐?"

산산의 정면에는 차양이 내려 있는데 그 안쪽에서 굵은 남자의 목소리가 흘러나왔다.

"화산에서 연락이 왔습니다."

"화산?"

"적우강이란 사람에 대한 것입니다."

"쿡. 구대문파의 애송이들을 연속으로 꺾고 있다는 보고는 이미 받았다."

"이번에는 다른 보고입니다."

"다른 보고?"

"수라검귀 적 소협이 군웅대회 출전자들과 싸웠답니다."

"그건 안다고 하지 않았느냐?"

"비무대가 아닌 곳에서 후기지수 전원과 싸웠답니다."

"뭣!"

잠시 차양 안쪽에서 아무 소리도 나오지 않았다.

산산은 말을 멈췄다가 다시 말을 이었다.

"더 안 좋은 것은 당가의 당가환과도 싸웠다고 합니다. 당가환은 양쪽 다리가 부러진 채 당가로 후송 중이라고 합니다."

"난리났군."

촤악!

차양이 걷히며 하반신을 천으로 가린 천잔수 나곤이 화난 얼굴로 모습을 드러냈다.

"헙! 초, 총호법님, 일단 옷을 입으시고……."

"보고나 해. 그래서 적 소협이 어떻게 됐다고?"

"사형제들과 화산을 내려갔다고 합니다."

"웅? 산산, 내가 잘못 들은 거냐? 그런 큰 싸움이 있었는데 화산파에서 얼씨구나 적 소협을 풀어줬다고 한 거냐, 지금?"

"저도 그 점이 잘 이해가 안 돼서 알아보라고 지시를 내려 놓은 상태입니다."

"가만, 가만. 이상한데?"

"무슨……."

"그런 큰일이 있었는데 소문이 안 났잖아?"

천잔수의 표정이 심각해졌다. 산산의 말은 상식적으로 이해하기엔 허점이 너무 많았다.

"더구나 군웅대회가 열리는 도중이잖아?"

"우승자는 나왔습니다."

"누구?"

"화산파의 화군악이 종남파의 구명우를 꺾고 우승했습니다."

"소림의 진부동은? 무당의 소무백은?"

천잔수는 화군악의 우승이 의외라는 듯 고개를 갸웃거렸다. 당연히 진부동이나 소무백이 우승할 거라 여긴 까닭이다.

"그것이……."

"빨리 말해."

"구대문파와 오대세가의 출전자들 중 삼분지 일이 비무 결승이 치러지기 전날 모두 자파로 돌아갔다고 합니다."

"자파로? 비무를 포기하고?"

"예. 적 소협에겐 다행스러운 일이지요."

"거기서 왜 적 소협이 나와?"

"군웅들의 반응 때문입니다. 이번 화산군웅대회에 나온 후기지수들에 대한 반응이 신통치 않았거든요. 군웅들은 수라검귀 적우강이 안 나온 걸 알고서 화를 내며 돌아갔다고 합니다."

"오호! 그래?"

산산의 말에 천잔수의 눈동자가 빠르게 좌우로 움직였다.

"지금 적 소협은 어디 있느냐?"

"확인되는 즉시 보고드리겠습니다. 여산 쪽으로 갔다는 보고가 들어오긴 했지만……."

"여산? 산산, 마중천의 성숙일마가 어디 있는지 알아봐라."

"적 소협의 행방부터……."

"그전에 먼저 알아봐!"

"예? 예."

산산이 서둘러 방을 나서는 걸 보는 천잔수의 표정이 딱딱하게 굳어 있었다. 성숙일마가 여산을 떠났다는 보고를 받은 기억이 없었다.

* * *

적우강은 사형들과 함께 성수궁의 마차를 타고 있었다. 화산에서의 일이 있은 다음날, 혼원예의 치료 덕분인지 눈을 뜨자마자 움직일 수 있었다. 사형들을 챙겨 화산을 내려가는데 커다란 마차가 앞을 가로막았다.

성수궁의 마차였다.

혼원예가 적우강과 사형들의 자리도 있다며 타라고 했으

나 적우강은 신세지는 것이 싫어 거절했다. 하지만 혼원예는 화산을 내려갈 때까지만 타라며 억지로 태웠다.

마차를 타자 낯익은 얼굴들이 있었다.

팔짱을 낀 채 토라진 표정으로 적우강을 노려보는 당백지와 검후, 그리고 웃는 얼굴의 육양 상인이었다.

육양 상인은 왜 혼자서 돌아가느냐는 질문에 웃기만 할 뿐 이렇다 할 대답을 해주지 않았다.

성수궁의 마차는 특별했다.

열 명도 편히 쉴 수 있는 넓은 실내는 물론이고 천장에 박힌 벽안석으로 인해 밤과 낮의 구분이 무의미하게 여겨질 정도였다.

움찔움찔.

적우강은 몇 번이고 오른 손바닥을 쥐락펴락해 보았다.

무언가를 쥐고 있는 것 같은 오른손이 신경 쓰이는 것이다.

손바닥을 펴 제대로 살펴봤다.

손금과 구별되는 선명한 선이 세로로 그어져 있었다.

자하검이 손에서 벗어나려고 반항한 흔적이었다.

'왜지? 몸은 멀쩡해졌는데 손은 아직도…….'

이물질이 박혀 있는 것 같아 영 께름칙했다.

"왜요, 아직도 아파요?"

혼원예가 다가와 적우강의 손을 잡았다.

적우강은 '어어' 하는 목소리를 낸 것이 전부였다.

"이상하네? 치료할 때는 이런 돌기 같은 것이 없었는데. 손을 쫙 펴보세요. 어때요, 아파요?"

"아니오."

"한 번 찔러볼까요?"

혼원예는 눈을 가늘게 뜨며 불쑥 한마디를 꺼냈다.

궁금증을 풀어야 할 때면 으레 짓는 표정이었다.

"그럴 정도는 아닌 것 같네요."

적우강이 슬그머니 손을 빼려 했다.

"확실히 살펴보는 편이 나아요. 자, 손을 쫙 펴요. 어서요?"

혼원예의 목소리가 밝아졌다.

콕.

"아파요?"

침으로 찔러놓고 아프냐고 묻는 혼원예의 표정은 장난스럽지 않았다.

"아니오."

적우강은 고개를 절레절레 흔들었다.

콕콕.

"이번에는요?"

"역시 안 아파요."

"이상하네? 손바닥 말고 다른 곳은 어때요?"

"다른 곳은 이상없어요."

"흠……."

혼원예는 아미를 살짝 찡그렸다가 손을 옮겨 적우강의 맥에 갖다 댔다.

맥을 타고 손바닥에 전해지는 흐름을 느끼며 따라 들어간다. 대체로 편안히 흐르고 있다. 단순히 상처? 생각을 하다 놓칠 수 있으니 좀 더 집중하자. 이때, 기의 순환이 시작되는 단전 근처에서 갑자기 기가 격렬해졌다.

'흡!'

혼원예는 깜짝 놀라 튕겨지려는 손가락에 자신도 몰래 힘을 주었다.

"호, 혼원 소저?"

적우강이 깜짝 놀라 혼원예를 바라봤으나 그녀는 한쪽 입술을 깨문 채로 눈을 감고 있었다. 빼지도 못하고 가만히 있기도 뭐한, 아주 이상한 상태가 되어버렸다.

"소, 손이… 혼원 소저, 아직 멀었나요?"

적우강은 두 번이나 말했는데도 혼원예가 손을 놓아주지 않자 엉거주춤한 자세로 눈동자만 좌우로 굴렸다.

이때, 가만히 적우강의 손을 빼내주는 고마운 사람이 있었다.

"됐죠?"

'당 소저?'

적우강은 당백지와 시선이 마주치자 심장이 철렁하는 걸 느끼며 재빨리 고개를 돌렸다.

적우강이 정신이 든 후부터 두 사람은 계속 어색한 상황을 유지하고 있었다.

"이렇게 떠나는 것이 후회되지 않아요? 비무를 계속했으면 우승도 할 수 있었을 텐데……."

당백지는 적우강의 행동을 모른 척하며 목소리를 밝게 냈다.

"적 소협이 싸운 건 당연해요. 저라도 그랬을 거예요. 주 소협에 이어 구 소협에게까지 그런 짓을 할 줄은 정말로 몰랐어요. 숙부님과 오빠만 아니었어도 더 빨리 만날 수 있었는데……."

"……."

"…미안해요. 정말이지… 그렇게까지 하실 줄은 몰랐어요. 미안해요……."

기어코 당백지의 눈에서 눈물이 떨어지고 말았다.

그 모습을 보면서도 끝내 적우강은 아무 말도 하지 못했다.

"답답한……. 적 소협, 백지가 왜 이 마차에 탔는지 생각해 보게."

호옥청은 적우강의 행동을 도저히 두고 볼 수 없어 한마디 거들었다. 하지만 그렇게까지 말을 했는데도 적우강은 별다른 반응을 보이지 않았다.

"장문대행, 당 소저를 위로해 주라는 말씀……."

가대건이 슬쩍 말을 해주려다 돌아보는 호옥청의 눈빛 때문에 입을 닫았다.

"당가와는 이제 원수나 마찬가지인 자네를 따라 마차를 탔네. 그 이유를 아직도 모르겠나?"

호옥청의 목소리에는 적우강에 대한 질책이 담겨 있었다.

"허허허. 적 소협, 검후께서 한 말은… 당 소저가 자네 때문에 가문을 포기했다는 것일세."

육양 상인이 너털웃음을 터뜨리며 설명해 주었다.

"예?"

그제야 적우강은 깜짝 놀라 당백지를 돌아봤다.

"답답한. 그렇지 않고서야 왜 백지가 이곳에 있겠는가!"

호옥청의 목소리에 갑자기 날이 섰다.

적우강이 설명을 해줬는데도 멍청히 앉아서 당백지를 보고만 있기 때문이다.

'아……'

적우강은 할 말을 잃고 멍한 눈이 됐다.

당백지가 당가를 포기하고 적우강을 따라왔다는 말이 왜 심장을 떨리게 하는 건가?

기분이 좋아졌다.

적우강은 바싹 마른 입술을 비비며 숨을 크게 들이쉬었다.

"내게 비무대회는 아무런 의미도 없어요. 당가 사람들과 싸운 것이 신경 쓰여서… 미안해요."

적우강이 당백지의 가녀린 어깨를 몇 번 두드려 주자 그제야 당백지는 눈물을 훔치며 고개를 들었다. 두 사람의 시선이 따뜻하게 부딪쳤다.

"그만 좀 하죠?"

혼원예가 눈을 내리깔며 적우강과 당백지를 향해 뾰로통한 목소리를 냈다. 그 덕분에 무거워질 수 있는 마차 안의 분위기가 밝아졌다.

'당 소저의 용기는 여러모로 부럽다.'

가문을 등질 수 있을 만큼 적우강을 사랑한다는 뜻이었다.

저런 사랑이 어떻게 가능하지?

혼원예로서는 상상이 안 되는 일이었다.

십오 세 이전까지는 아빠인 성수궁주 외에는 남자를 본 적이 없는 그녀였다.

항상 엄마인 혼원희성을 위해 희생하는 아빠.

그런 아빠를 보며 자라온 그녀에게 남자는 사랑할 대상이 아니었다. 당연히 당백지처럼 용기를 내야 하는 이유를 전혀 이해할 수 없었다.

'낯간지럽게. 흥.'

일부러 고개까지 돌렸으나 적우강이 당백지를 바라보던 눈빛이 고스란히 기억에 남았다.

혼원예은 고개를 저으며 다른 생각에 집중하려 했다.

'적 소협의 상처만 생각하자. 구환금단을 어떻게 없앤 거지?'

적우강의 맥을 따라가다 깜짝 놀란 정체 모를 기운.

아마도 그것이 구환금단을 없앴을 것이다.

'가만, 적 소협이 다쳤을 때 혈맥이 허물을 벗었던 것도 혹시……. 지금 적 소협의 내부에 잠자고 있던 기운이 치료를 한 거라고 볼 수밖에 없다. 세상에! 그럼 적 소협의 몸 안에 두 가지 기운이 있다는 건가? 어떻게 그럴 수 있지?'

한 사람의 몸에 두 가지 기운이, 그것도 성질이 다른 기운이 존재한다는 사실이 믿기지 않는 것이다.

'돌아가면 어머니께 꼭 여쭤봐야겠다. 성인이 된 후에도 저런 일이 가능하다니…….'

적우강에 대해 더욱 궁금해진 혼원예였다.

고개를 돌렸다.

여전히 당백지에게서 떨어지지 않는 적우강의 시선이 은근히 얄밉게 느껴졌다.

마차는 여산을 넘기 전에 잠시 쉬어가기로 했다.

"검을 잘 쓰더군. 한데, 점창파의 장문대행이라면 사일검법을 사용하는 것이 맞지 않나?"

호옥청이 적우강에게 다가왔다.

"사부님께서 창안하신 검법입니다. 현천일검이지요. 언제고 완벽하게 익혀서 검선이 될 생각입니다."

불편할 수 있는 질문이었으나 적우강은 대수롭지 않게 대답했다. 하지만 대답이 끝나기 전에 호옥청이 아닌 다른 사람이 헛바람을 삼키고 말았다.

"헛!"

호옥청보다 약간 늦게 다가오던 육양 상인이 깜짝 놀라 멈춰 섰고 호옥청의 눈빛이 날카롭게 변했다.

"적 소협, 지금 검선이라고 했나? 허허허. 검선은 검법 하나를 완벽하게 익힌다고 해서 도달할 수 있는 경지가 아닐세. 지금까지 검선이 되고자 했던 사람은 수도 없이 많지만 검선이라 불린 사람이 없는 것만 봐도 알 수 있지 않나?"

"그럼 제가 첫 검선이 되겠네요."

"……."

"……."

육양 상인과 호옥청은 할 말을 잃고서 적우강을 쳐다봤다.

"네 사부가 누구냐?"

호옥청이 차분하지만 날 선 목소리로 물었다.

"점창파의 전대 장문인이십니다."

"점창파 전대 장문인? 육양 상인께선 누군지 아나요?"

"점창파는 오랫동안 강호 활동을 하지 않아서 잘 모르겠구려."

육양 상인이 고개를 좌우로 흔들었다.

아직도 적우강은 자신이 무슨 말을 했는지 모르는 것 같았다. 그 모습에 호옥청은 절로 실소를 흘렸다.

검선은 호옥청 역시 평생을 두고 이뤄보고 싶은 경지였다. 지금껏 아무도 이루지 못한 경지라 더욱.

검선이 어떤 의미인지도 모르는 녀석에게 더 이상 심력을 소비할 필요는 없었다.

"그건 잊기로 하고. 묻겠다. 백지를 지켜줄 자신이 있느냐?"

호옥청의 느닷없는 질문에 적우강이 되묻고 싶은 표정으로 쳐다봤다.

"당가는 물론이고 나머지 팔대문파와 오대세가의 압력으로부터 백지를 지킬 수 있겠느냐고 물었다."

다그치는 호옥청의 말투에 적우강의 표정이 굳어졌다. 그 모습에 호옥청은 낮게 코웃음 치고는 다시 말을 이었다.

"백지를 검각으로 보내라. 한 명이라도 매를 피하는 것이 네게도 좋지 않겠느냐?"

호옥청은 적우강이 당연히 그렇게 할 거라 여겼던 모양이다. 하지만 적우강은 거기에 대해서 어떠한 생각도 하지 않고 있었다.

"질문이 잘못됐습니다. 당 소저의 일을 왜 제게 물으십니까?"

"뭐?"

"당 소저를 검각으로 보내고 안 보내고는 제가 결정할 문제가 아니란 말입니다. 그리고 저는 '너'가 아니라 점창파 장문대행입니다."

적우강은 호옥청의 시선을 똑바로 쳐다봤다.

화가 난 것도 아니고 버티거나 싸우려는 것도 아닌 순수하게 자신을 알리는 눈빛이었다.

"그건 적 소협의 말이 옳소."

호옥청이 화를 내기 전에 육양 상인이 먼저 고개를 끄덕이며 나섰다. 호옥청이라고 해도 육양 상인을 무시할 순 없었다.

"백지가 어떻게 되든 상관없다는 말로 받아들여도 되겠느냐?"

"당 소저의 결정에 따르겠다는 뜻입니다."

"나쁜 놈."

"말씀이 지나치십니다!"

적우강이 자리에서 벌떡 일어서며 호옥청을 노려봤다.

"남자들이란. 너 때문에 가문도 버리고 따라나선 백지에게 그게 할 소리냐? 뭐? 모든 것을 백지의 결정에 맡긴다고? 잘도 주절거리는구나."

"……!"

부르르.

적우강의 손이 떨렸다.

"검각으로 가려면 여산을 지나자마자 우린 장강으로 가야 한다. 그때까지 기다려 주마. 어떤 것이 백지를 위한 일인지 생각해 봐라."

호옥청은 그 말을 끝으로 마차를 향해 돌아섰다.

"허허. 어렵군, 어려워. 적 소협, 검후가 한 말을 흘려듣지 않는 것이 좋겠네. 당 소저가 검각으로 가면 안전할 것이 사실이잖은가."

"…잠시 혼자 있도록 해주시겠습니까?"

"그러지."

육양 상인은 적우강에게 해줄 말이 없었다. 사실 호옥청이 해준 말은 육양 상인이 해주고 싶은 말이기도 했기 때문이다.

이곳은 여산이었다.

*　　　*　　　*

새벽안개에 휘감긴 여산은 몇 발자국 앞도 보이지 않았다.

"음침하구만."

"조심하게. 한 치 앞도 안 보이는군."

"그러게 아예 끝까지 구경하고 오자고 했더니. 쯧."

"군웅대회 구경하다 밥줄 끊길 일 있나? 어여 서둘러. 여산만 넘으면 되니까."

대화를 나누는 두 사람은 일부러 목소리를 크게 냈다. 뒤따라오는 일행들을 인도하기 위해서였다.

몇 걸음 더 움직였을 때 다시 두 사람 중 목소리가 굵은 쪽이 입을 열었다.

"심심하니 아무거나 말 좀 해봐."

대답은 들려오지 않았다.

"이봐, 말 좀 하라니까."

역시나 대답이 없었다.

굵은 목소리의 사내는 이상함을 느끼고 등짐을 바짝 당긴 후 손을 휘저었다. 아무것도 닿는 느낌이 없었다. 다시 몇 번 더 흔들었다.

툭.

딱딱한 물체에 손이 닿았다.

"왜 말을 안… 응?"

"사람을 건드렸으면 사과를 해야지."

음침한 목소리였다.

"누구… 컥!"

굵은 목소리의 사내는 가슴이 뚫린 채 그대로 쓰러졌다.

"무공을 모르는 놈들이군. 빨리 처리하고 올라간다."

안개 속에서 낮고 음습한 명령이 떨어지자마자 비명이 터지기 시작했다.

"으악!"

"아, 안 돼!"

마지막 단말마와 함께 안개가 시체들을 덮었다.

스스슷.

第四章
화유성과의 만남

적우강은 가장 늦게 마차에 올랐다.

심각한 표정으로 말없이 앉아 창밖을 내다봤다.

지켜만 봐야 하는 가대건과 주정민의 얼굴에 걱정이 가득했다. 구자귀를 돌보는 것 외에 도움이 되는 것이 아무것도 없는 두 사람이었다.

"너무 걱정하지 말게. 생각할 것이 있다고 했으니 잘 결정했을 게야. 내가 가서 얘기해 봄세."

육양 상인은 자리에서 일어나 적우강의 앞자리로 옮겨 앉았다.

"그래, 생각은 좀 정리했나?"

"예."

"허허허. 좋구먼. 자네가 내린 결정을 믿어줄 사람이 있다는 건 좋은 거지. 그러니 자네는 스스로의 결정을 믿게. 그래야 자네를 따르는 사람들도 편해."

"……."

육양 상인의 말에 적우강의 표정이 더욱 굳어졌다.

"이런, 쓸데없이……."

"아닙니다. 좋은 말씀, 감사합니다."

딱딱하게 굳은 표정이 안 좋았던 모양이다. 육양 상인은 입맛을 다시다 얼른 화제를 바꾸었다.

"자네, 검강에 대해 아는 것이 있나?"

"예, 알고는 있습니다."

"그럼 그 위력도 잘 알겠군. 현 강호에 검강을 펼칠 수 있는 고수가 몇이나 될 거라 생각하나? 강호 전체를 통틀어도 이십 명이 채 안 될 걸세. 그런 고수들이 평생을 노력해도 도달하지 못한 경지가 바로 검선의 경지일세. 당연히 마도에서는 검선을 상대할 어떤 단계가 있겠지. 자네가 말한 검선이 얼마나 대단한 경지인지 이제 좀 알겠는가?"

"단 한 명도 없었습니까?"

"음, 검선은 아니지만 칠백 년 전 천하를 지배한 천마의 마수로부터 화산을 지켜낸 분이 계시긴 하지. 화산검성이라고. 그 검의 주인이셨네."

"자하검의 주인이요?"

적우강은 의아한 표정이 됐다.

그런 분의 검이라면 응당 지켜야지, 상으로 내릴 물건이 아니기 때문이다.

"허허허. 그런 검을 왜 상으로 내놓았느냐고 물어보면 거기에 대해서는 할 말이 없네. 화 장문인께서 다 생각이 있으셨겠지."

"생각이라니요?"

적우강은 강한 호기심을 보였다.

어쩌면 자신의 손바닥 상처와 연관이 있을 것 같았다.

"그야 나도 모르지. 하나 전설에는 자하검에 화산검성의 검법이 숨겨져 있거나 검법이 숨겨진 장소를 알려줄 단서가 남아 있다고는 하더군. 허허허."

'검법에 관한 건가? 그럼 손바닥의 상처와 자하검은 상관없다는 거군.'

적우강은 실망한 눈빛을 숨기지 않았다.

"왜 그러는가?"

"아닙니다. 그저……."

적우강이 막 손을 내저으려 할 때였다.

쾅!

굉음이 터지며 마차가 멈춰 섰다.

"꽤 단단하군."

눈과 입만 뚫려 있는 가면을 쓴 자가 구릉 위에서 마차를 내려다보다 짜증스러운 목소리를 냈다.

십 년 전 마중천주 관결이 사라졌을 때 시체로 발견된 마중천 십대장로인 무극신마의 제자 마면신룡 형우였다.

무극신마가 죽으면서 모든 경쟁에서 제외된 형우는 마중천을 떠나 외부로만 떠도는 것이 십 년째였다.

"대단하오, 형 단주."

열흘 전에 마중천으로 돌아갔어야 하는 성숙일마 엽본기가 웃으며 걸어나왔다. 하나 몇 걸음 움직이지 못하고 자리에 멈춰 서야 했다. 형우의 파란 광망을 뿜어내는 시선을 본 까닭이다.

"대단? 큭!"

형우는 어이없다는 듯 짧게 웃었다.

그 목소리에 엽본기는 절로 마른침을 삼켰다.

'뭐지? 무공은 몰라도 기세만으로는 악마창(惡魔槍) 무엽을 봤을 때와 비슷하잖은가?'

엽본기를 이곳으로 보낸 자는 칠대장로 무형창 조산의 제자인 악마창 무엽이었다. 무엽과 만난 자리에서 엽본기는 숨을 어떻게 쉬었나 싶을 정도로 긴장했다.

비록 형우가 그 정도는 아니지만 기세만큼은 무엽 못지않았다. 더구나 십대장로의 제자라는 신분은 마중천에 소속되지 않은 마도인들에겐 꿈의 신분이었다.

형우의 본래 별호는 폭풍마극(暴風魔戟) 형우였다.

마면신룡은 가면 때문에 붙여진 별호일 뿐이었다.

"죽고 싶나, 엽본기?"

"무, 무슨……."

"감히 나를 평가해?"

형우의 가면 뒤에서 파란 안광이 흘러나왔다.

"그, 그런 것이 아니라……."

성숙일마는 자신도 모르게 중심을 뒤로 옮겼다.

꼬리를 내리는 모습에 그제야 형우의 눈에서 뿜어지던 파란 광망이 사라졌다.

"집마원주라고 했느냐?"

"그, 그렇소……."

"개나 소나……. 처음이니 넘어가 주겠다. 밑에나 정리해."

형우는 귀찮다는 듯 돌아섰다.

그 모습에 성숙일마는 잠시 인상을 찌푸렸으나 입 밖으로 자신의 심정을 표현하진 못했다. 집마원주의 신분은 형우에겐 아무것도 아닌 것이다.

"어차피 떨려난 주제에……."

갑자기 들려온 비웃는 목소리.

형우의 신형이 제자리에 멈춰 섰다.

엽본기는 기겁을 하며 자신의 동생을 돌아봤다.

집마원의 부원주인 엽본무가 노골적인 시선으로 형우의 뒤에 대고 중얼거린 것이다.

"부원······."

엽본기가 엽본무를 부르려 할 때는 이미 형우가 엽본무의 앞에 나타난 후였다.

엽본무의 양쪽 볼을 한 손으로 틀어쥔 형우는 가면 밖으로 파란 광망을 마구 뿜어내고 있었다.

"뭐라고 했느냐?"

"윽!"

엽본무는 양쪽 볼에 강한 압박이 느껴진다 싶은 순간 몸을 피하려 했으나 형우의 손은 꿈쩍도 하지 않았다.

"짖지 마라. 명령에 따르기 싫으면 고개만 끄덕여. 죽여줄 테니까. 너희들 따위는 널리고 널렸어."

"컵··· 컥······."

엽본무가 양손을 버둥거리며 형우의 팔을 떼어내려 했으나 불가항력이었다.

'대충 다루면 된다고? 이런 놈을?'

엽본기는 무엽이 한 말을 기억해 내다가 황당한 표정을 짓고 말았다. 엽본무를 제압한 형우의 움직임은 보이지 않을 정도로 빨랐다. 엽본기의 시선보다 빨리 움직였다는 뜻이었다.

"이, 이보시오, 형 단주. 부원주가 잘 몰라서 그런 거요. 내다신 그런 일 없도록 따끔하게 타이르겠소."

엽본기는 진심을 담아 사정했다.

그러나 형우의 표정은 풀어질 기미가 보이지 않았다.

"내가 왜? 이대로 죽여 버리면 그만인데."

"부, 부원주는 내 동생이오!"

"동생?"

"잠시 돌았던 모양이오. 앞으로는 그런 일 없을 것이오. 형 단주가 떠나면 그다음은 어차피 나와 내 동생이 수습을 해야 할 게 아니오. 살려주시오."

"…이번뿐이다."

툭.

형우가 손을 풀고는 몸을 돌려 사라졌다.

"혀, 형님, 왜……."

형우의 손에서 풀려난 엽본무는 곧장 분노를 드러내다 엽본기의 손이 들려지는 걸 보고 입을 다물었다.

"앞으로는 형 단주를 대할 때 정중해라. 무극신마님의 제자였다는 것도 잊지 말고."

"그래 봐야 떨려난 녀석일 뿐입니다. 이곳에 배치된 것만 봐도 아시잖습니까, 형님."

"쯧쯧쯧. 생각 좀 해라. 너를 한 손으로 제압한 자야. 총단에서 뭔가 숨기고 있는 것이 있어. 하긴, 저자가 형편없었다면 무엽 같은 자가 직접 왔을 리가 없지."

엽본기는 자신이 생각해도 기가 막히는지 실소를 터뜨리며 수염을 매만졌다. 이곳에 남으라는 명령을 받았을 때는 어이가 없었으나 형우를 보니 썩 나쁜 일만도 아닌 모양이다. 어차피 마중천 내에서 버티려면 인맥이 중요할 테니.

"형님, 빨리 이쪽으로 와보십시오!"

"왜 그러느냐, 또."

아래쪽을 내려다보던 엽본무가 급히 부르자 엽본기는 짜증스런 표정으로 다가갔다.

"응? 저 늙은이는 육양 상인?"

"그 옆을 보십시오. 저 여자가 바로 검각의 주인인 검후 호옥청입니다."

"검후?"

엽본기는 흥미로운 표정이 되어 형우가 사라진 쪽을 돌아봤다.

"검후라… 형 단주의 실력을 한번 봐두기로 할까?"

검후와 싸우는 형우의 실력을 보고 결정할 일이 많았다.

마차 문을 열고 밖으로 나온 호옥청과 육양 상인은 주위를 둘러보았다.

"이곳은!"

육양 상인이 갑자기 눈을 부릅뜨며 소리쳤다.

"상인께선 짚이는 바가 있으십니까?"

"열흘 전에 성숙일마를 만난 곳이오. 그자가 아직도 이곳에서 기다리고 있었던 것 같구려."

"집요한 자로군요."

"마차에 우리가 타고 있다는 것을 어찌 알고……."

"우리를 노린 것이 아닐 수도 있지요. 군웅대회에 참석한 사람들 중엔 후기지수들도 있고요."

"돌아가는 길목을 막고서 노린다? 그것도 화산파 앞에서? 허허허. 안 되겠소. 여기서 잠시 기다려 주시오. 내 올라갔다 오리다."

육양 상인은 호옥청에게 양해를 구하고 곧장 위쪽 구릉으로 올라가려 했다.

"상인, 그러실 필요 없을 것 같습니다."

"……?"

호옥청이 육양 상인을 말리며 눈짓으로 위쪽을 가리켰다.

"저들 아닌가요?"

육양 상인의 눈에 허공에서 내려오는 두 사람이 보였다. 쌍극을 쥔 가면 쓴 자와 성숙일마였다.

'성숙일마가 뒤따른다?'

육양 상인은 순간적으로 자신의 눈을 의심했다. 마치 성숙일마가 가면 쓴 자를 보좌하는 것처럼 보인 까닭이다.

"아는 자인가요?"

"성숙일마는 알겠는데… 저 가면 쓴 자는 처음 보는 자요."

육양 상인이 호옥청에게 대답하는 사이, 형우와 엽본기가 땅에 내려섰다.

'저 성숙일마가 뒤에 선다고?'

육양 상인은 또다시 의아한 눈이 되고 말았다.

이때, 가면 쓴 자가 한 발 앞으로 나섰다.

"네가 검후인가?"

형우의 하대에 순간적으로 호옥청은 할 말을 잃고 말았다.

고오오—

호옥청은 대답 대신 싸늘한 웃음과 강렬한 예기를 발했다. 예기에는 너 따위는 언제든 죽일 수 있다는 경고가 실려 있었다.

그러나 마면신룡은 동요없이 호옥청의 예기를 정면으로 받아냈다. 보이지 않는 대결이 이미 시작된 것이다.

호옥청의 예기가 날카롭다면 형우의 예기는 무겁고 패기가 넘쳤다.

호옥청의 안색이 미미하게 변했다. 자신에게 이 정도의 자극을 줄 수 있는 자를 만나본 것이 얼마 만인지 몰랐다.

"건방질 이유가 있었군."

호옥청은 가볍게 한 걸음 앞으로 나섰다.

순간, 형우의 시선이 살짝 흔들렸다.

호옥청이 한 걸음 다가온 것만으로 가면과 얼굴 살갗이 맞닿은 것이다.

"허허허. 구경만 할 순 없지. 성숙일마, 우리도 열흘 전에 못했던 걸 해야겠지?"

육양 상인은 팽팽하게 대치하고 선 호옥청과 형우를 두고 엽본기를 향해 다가갔다.

"육양, 그날 봐줬으면 꽁지 빠지게 도망갔어야지. 흐흐흐. 각오해라, 오늘은 봐주지 않을 테니까."

마면신룡에 이어 성숙일마까지 자세를 잡자 마차 주위에 팽팽한 긴장감이 감돌았다.

가장 먼저 손을 쓴 자는 형우였다.

쉬악.

쌍극이 기이한 소리와 함께 호옥청을 향했다.

날만 보이던 쌍극의 옆면.

악귀의 형상을 하고 있는 마면(魔面)이 양각되어 있었다.

"폭풍극(暴風戟)을 흉내 낸 모양이구나. 마중천 십대장로 중 무극신마가 사용하던 무기를 내가 모를 줄 아느냐? 십 년 전에 죽은 자의 무기만 갖고 있으면 네가 무극신마라도 될 줄 알았느냐?"

호옥청은 형우를 비웃으며 폭풍극을 막았다.

쾅!

"헛!"

호옥청의 입에서 헛바람이 새어 나왔다.

폭풍극에 닿은 월령검이 오히려 뒤로 밀린 까닭이다.

"무극신마께선 내 사부님이시다."

"……!"

호옥청이 놀라서 형우를 쳐다볼 때 형우의 손이 기이하게 움직였다. 폭풍극을 월령검에서 떼어내지 않고 짧게 튕긴 다음 벌어진 간격을 이용해 재차 공격을 가했다.

쾅!

그 조그만 틈은 폭풍극의 무게를 싣기에 전혀 모자람이 없었다. 호옥청은 월령검을 양손으로 쥐었다.

'엄청난 힘이다.'

아직 형우의 공격은 끝나지 않았다.

육중한 소리를 내며 회전하고 있었다.

이대로 공격을 기다리다간 선수를 놓친 것에 이어 반격도 힘들 것 같았다.

촹!

형우의 폭풍극을 월령검의 검면으로 때려 옆으로 흘렸다. 하지만 폭풍극은 단순히 무겁기만 한 것이 아니었다. 숙련된 정교함과 안정된 형우의 운용까지 갖추고 있었다.

콰웅!

야수가 포효하는 소리가 호옥청의 귓가를 스쳤다.

"대단하군."

"피하는 걸 잘해서 검후인가? 큭!"

호옥청과 형우가 서로를 노려보며 잠시 손을 멈춰 섰다. 단한 번의 격돌로 서로의 무공이 어느 정도인지 알게 된 것이다.

두 사람의 싸움으로 일어난 먼지가 아직 그득했다.

겉으로 보기엔 형우가 일방적으로 호옥청을 몰아붙이는 것 같지만 실제로는 호옥청이 봐주고 있는 것이기 때문이다.

상처 하나 없이 세 번이나 받아냈다. 그것도 공격 한 번 없이.

형우는 지난 십 년 동안 사부인 무극신마의 진전을 모두 이었다고 자신했다. 그렇기에 이곳까지 모습을 드러낸 것이다.

"이번엔 다를 것이다. 폭풍접(暴風蝶)!"

형우는 지금까지 한 번도 사용하지 않은 초식을 토해냈다. 싸움을 빨리 끝내야 한다는 강박으로 인한 강수였다. 폭풍극을 통해 나온 기운은 반월 모양의 예기를 만들며 호옥청을 향했다.

쾅!

호옥청은 이번에도 막아냈다.

'제길!'

먼지구름이 호옥청의 어깨까지 내려왔다.

"찻! 폭풍인(暴風刃)!"

호옥청과 먼지구름을 한꺼번에 자르기 위해 형우는 조금 전보다 넓은 반월형 기운을 날렸다.

쉬악ㅡ

예리한 음향이 날아갔다.

그러나 폭풍인이 들어간 먼지구름 안에서는 아무런 소리도 들리지 않았다.

"피했나······."

형우는 숨을 고르며 정면을 쳐다봤다.

먼지구름이 걷히며 드러난 호옥청의 모습은 너무도 멀쩡했다.

"끝이냐?"

냉소 섞인 호옥청의 목소리는 형우의 피를 역류하게 만들었다. 손을 올려 가면에 댔다. 하지만 가면을 만지거나 하진 않았다.

"그럼 지금부턴 내가 가마."

쉭!

처음으로 호옥청이 먼저 움직였다. 아니, 형우를 향해 움직였다고 여기는 순간 이미 호옥청은 형우 앞까지 다가와 있었다.

"그 정도는······."

"호! 얼마든지 막을 수 있다?"

호옥청의 시선이 싸늘하게 가라앉았다.

쾅!

월령검에서 나온 한기가 쌍극과 부딪쳐 사방으로 퍼졌다.

엽본무는 엽본기의 싸움을 지켜보다 나서고 말았다.

실력이 제법 괜찮은 수하 네 명을 뽑아서 마차를 향해 조심스럽게 내려갔다.

적우강 등이 타고 있는 마차 뒤쪽.

호옥청과 육양 상인이 나왔다면 마차에는 더 이상 고수가 남아 있지 않을 테니 마차를 제압하는 것은 어렵지 않을 것이다.

쉬운 길을 두고 멀리 돌아갈 필요 없다는 것이 엽본무의 생각이었다.

엽본무는 조심스럽게 마차 창문을 향해 다가갔다.

몇 명이 있는지 확인을 하기 위해서였다.

그러나 마차 안을 보기 위해 들여다본 창문.

'……!'

엽본무의 표정을 일그러뜨리기에 충분한 일이 벌어졌다.
엽본무와 눈이 마주친 사람이 있었다.

적우강은 창밖을 내다보고 있다가 갑자기 나타난 얼굴에 눈을 깜빡거렸다.

놀란 눈은 아니었다.

이럴지도 모른다는 생각을 한 까닭이다.

점창파에서 곽일비에게 당했고 화산파에서 당가환과 당백룡에게 당했다.

적우강은 아무런 감정도 드러내지 않고 자리에서 일어났다. 나란히 앉아 있던 당백지가 적우강의 행동에 재빨리 손을 잡았다.

"어딜 가려고요?"

"잠시 마차 주위를 둘러보고 올게요."

"안 돼요."

당백지는 고집스럽게 양팔을 벌리며 마차 문을 가로막았다.

적우강은 의아한 눈이 되어 쳐다봤다.

"저도 당 소저의 생각과 같아요."

혼원예가 당백지와 함께 섰다.

"무슨 뜻이오, 혼원 소저?"

"두 분께서 나가신 이유가 뭐겠어요? 적 소협을 믿으니까 나가신 거예요. 적 소협까지 자리를 비워선 안 되죠."

혼원예의 말은 일리가 있었다.

적우강 역시 그것을 알기에 일부러 자리를 지키고 있었던 것이다.

그러나 엽본무를 본 이상 나가지 않을 수 없었다.

"잠깐이면 되오, 잠깐이면."

"장문대행, 우리도 함께 나가겠소."

주정민이 가대건과 동시에 자리에서 일어났다.

두 사람으로서는 당연한 행동이었다.

적우강은 고개를 가로저었다.

"사형들은 제가 나갔다 올 때까지 구 사형을 지켜주셔야죠. 정말 잠깐이면 돼요."

밖으로 나온 적우강은 마차 문을 닫았다.

안에 있을 때는 몰랐는데 밖에서 보니 마차의 위용이 대단했다.

마차 뒤로 돌아가자 엽본무가 네 명의 수하와 함께 적우강을 기다리고 있었다.

"흐흐흐. 혼자 나온 게냐?"

엽본무는 부하들을 더 불러야 할지 아니면 자리를 피해야 할지 고민하다 적우강이 혼자서 나온 것을 보고 웃었다.

"너희들 다섯뿐인가?"

적우강은 주위를 둘러보며 물었다. 마치 더 있으면 부르라는 듯 태연했다.

애송이였다. 많아봐야 갓 스물이나 넘었을까? 저 나이에 당당할 이유가 전혀 없었다. 객기 충만한 애송이란 것이 엽본무의 생각이었다.

"안에 몇 명이나 있느냐? 자세히 말만 하면 죽이지는 않으마."

"저 위쪽에는 너희들 외에 몇이나 더 있지?"

"뭐?"

엽본무는 자신의 질문에는 대답하지 않고 오히려 되묻는 적우강의 태도에 한쪽 눈썹을 치켜세웠다.

"상관없겠지."

적우강은 혼잣말을 하고는 자하검을 쥐었다.

쉭.

잠둔을 펼쳐 다섯 명의 사각으로 이동했다.

모든 시선이 적우강에게 집중됐을 때 그들의 시선이 좇아 오지 못할 속도로 오른쪽 첫 번째 사내의 옆으로 움직인 것이다.

"헛!"

엽본무는 깜짝 놀라 적우강을 찾아 눈을 좌우로 굴렸다.

"여기다."

적우강은 나란히 선 사내를 향해 자하검을 휘둘렀다.

일말의 망설임도 없었다.

자하검이 첫 번째 사내의 목을 베고 지나며 두 번째 사내를 향할 때였다.

땅!

"……."

경쾌한 소리와 함께 자하검이 멈췄다.

엽본무가 이를 갈며 적우강을 노려보고 있었다.

표정이 압권이었다. 어떠냐는, 네 공격쯤은 얼마든지 막을 수 있다는 표정이었다.

힘으로 밀어붙일 생각이었는지 엽본무의 상체가 앞으로 쏠렸다. 그 순간 적우강의 머릿속에 네 사람의 위치가 선명하게 떠올랐다.

이런 경우, 이틀 전의 적우강이었다면 미리반천을 펼쳤겠지만 적우강은 그렇게 하지 않았다.

엽본무와 세 명의 공격을 자하검으로 받아냈다.

쾅!

묵직함이 자하검을 통해 전해졌으나 받아내지 못할 정도는 아니었다.

'발현이면……'

적우강은 생각을 실천으로 옮겼다.

먼저 엽본무를 자하검에서 떨어뜨리고 이어서 나머지 세 명을 모두 떼어낸 후 그 간격에 현천진기를 주입해 내쳤다.

콰콰!

"컥!"

"억!"

네 마디 짤막한 비명이 거의 동시에 터졌다.

나가떨어진 자들은 황당한 표정으로 적우강을 쳐다봤다.

'되는구나……'

발현은 잠둔 이후에 펼쳐야 가장 효과적인 초식이었다. 그 것을 역으로 펼친 것이다. 발현을 펼친 후에 잠둔으로 물러서 거리를 만들고 네 번 연속 발현을 펼친 것이다.

엽본무 등이 이렇게까지 허무하게 날아갈 줄은 상상도 하지 못했다.

콰콰쾅!

'응?'

적우강이 마차 앞쪽을 돌아봤다.

여전히 싸움은 계속되는 모양이다.

이곳을 빨리 정리해야 할 필요가 있었다.

"자, 잠깐……."

엽본무가 손을 저으며 뒤로 물러서려 했지만 적우강은 이미 마음의 결정을 내린 후였다.

꽈득.

적우강은 가벼운 손짓으로 엽본무의 고개를 꺾고는 마차로 걸어갔다. 하나 몇 걸음 안 가서 멈춰 서서는 위쪽을 올려다봤다.

엽본무 등이 내려온 곳이었다.

"……!"

구릉 위에 올라선 적우강은 멍해지고 말았다.

수십 명이 바닥에 쓰러져 있었고 노인 한 명만이 적우강을 바라보며 웃고 있었다.

적우강을 만나러 왔다 마중천의 무리를 발견하고 제압한 화산백로 화유성이었다.

"점창파라고 들은 것 같은데, 사일검법은 아니군."

화유성은 아래쪽에서 적우강이 펼쳤던 동작을 어설프게 따라 하며 장난스럽게 물었다. 하지만 지켜보는 적우강의 얼굴은 딱딱하게 굳어갔다.

어설프게 따라 하는 것 같아 보여도 화유성은 잠둔의 핵심을 놓치지 않았다. 상체를 고정시킨 채로 양옆을 자유자재로 움직인 것이다.

"현천일검 삼식 중 잠둔입니다."

"현천일검?"

"사부님께서 만드신 검법입니다."

"사부님이라면……."

"전대 장문인이십니다."

"전대 장문인이라면… 혹시 자네가 현 점창파 장문인인가?"

"장문대행입니다."

"그래? 그럼 더 쾌씸하군."

화유성이 갑자기 인상을 찡그렸다.

"무슨……."

"점창파의 장문명부가 사일신검인데 왜 자하검까지 가져간 겐가?"

"……?"

화유성의 질문에 적우강은 멍해지고 말았다.

초면에 대뜸 자하검을 왜 가져갔느냐니?

이런 질문을 할 수 있는 사람이 누군지 궁금해졌다.

"어르신은 누구십니까?"

"자하검에 대해 말하는 걸 보면 모르겠나?"

"말씀해 주시지 않았는데 제가 어찌 알겠습니까?"

"이곳이 어디란 건 알고 있나?"

"여산입니다."

"아니지, 화산의 영역이지."

"화산과 분이신가요?"

"세인들은 노부를 화산백로라 부른다네."

화유성은 적우강에게서 항상 듣던 반응이 나오리라 생각했다. 당연히 감탄과 찬사가 나올 때까지 기다려 주었다.

"화산백로… 그럼 자하검은 빌미고 화군악과의 일 때문에 찾아오신 거군요. 하나 제 대답은 한 가지뿐입니다. 저는 잘못한 것이 없습니다."

"군악이와 무슨 일이 있었나?"

"모르셨습니까?"

"자하검만 찾으러 왔을 뿐 군악이와 자네 사이에 무슨 일이 있었는지는 모르네."

화유성은 대답을 바라는 눈으로 쳐다봤다.

상황이 이상하게 흘러가자 적우강은 곤란해지고 말았다. 일부러 저러는 것일까? 자신의 대답을 유도하기 위해서? 잠시 고민을 하던 적우강은 다시 입을 열었다.

"제게 사형이 계십니다……."

적우강은 사형을 구하기 위해 후기지수들과 목숨을 걸고 싸운 얘기를 했다. 처음엔 별로 심각하게 여기지 않던 화유성이 점점 흥미를 가지더니 급기야는 분통까지 터뜨렸다.

"겨우 한 명을 상대로… 군악이 이놈, 수련을 게을리한 벌을 내려야겠군. 그래서? 사형은 구했는가?"

"아래 마차에서 치료를 받고 있습니다."

"흠, 자네 말만 들어서는 분명 후기지수들이 잘못한 것이 맞네."

"예?"

적우강은 화유성이 의심없이 자신의 말을 받아들이자 오히려 멍한 표정이 되고 말았다.

"자네 말을 들으면 그렇다는 게야. 군악이와 다른 녀석들의 말도 들어보겠네."

"그 일 때문에 찾아오신 것 아닙니까?"

의심스러웠다. 지금까지 만난 사람들 중에 화유성과 같은 사람을 본 적이 거의 없는 까닭이다.

"몇 번을 말해! 그 일과 상관없이 노부는 자하검을 돌려받으러 왔을 뿐이라고."

화유성은 말을 마치고는 적우강의 허리에 있는 자하검을 쳐다봤다.

"자하검은 화산파의 보물일세. 돌려주게나. 그 검은… 아무튼 아무나 지닐 수 없는 검이란 것만 알게."

'아무나?'

적우강은 조금 전의 모습으로 화유성이 말을 함부로 하는 사람이 아니란 것을 알게 됐다. 하나 '아무나'가 되고 싶진 않았다. 더구나 사정이야 어떻든 선물을 받은 물건을 돌려줄 순 없었다.

"뭘 그리 심각하게 생각하나, 검을 풀어서 노부에게 주면 되는 걸세. 자, 어서."

화유성이 손을 건네자 적우강은 고개를 저었다.

"그럴 순 없습니다. 저는 지금까지 자하검을 지니고 있었습니다. 그것만으로도 제가 '아무나'가 아니라는 것은 충분하지 않습니까? 오히려 여쭙겠습니다. 어르신께선 제게서 자하검을 돌려받으실 자격이 있으십니까?"

"뭐라, 자격?"

"상으로 주긴 했지만 생각해 보니 아깝다고 하셨으면… 저도 아쉽네요."

적우강은 화유성을 빤히 쳐다보며 대답했다.

이 정도까지 했는데도 버티겠다는 말이냐?

화유성의 표정이 그랬다.

"노부가……."

화유성은 말을 하다 멈췄다.

아래쪽에서 싸우는 소리가 들렸다.

순간적으로 눈앞의 애송이가 두 손, 두 발을 모두 들게끔 할 수 있는 방법이 떠올랐다.

"한 가지 제안을 하지."

'제안?'

적우강은 화유성의 얼굴에 웃음이 감도는 것을 봤다.

위험한 기분이 들어 거절하려 입을 열려 했으나 화유성의 말이 먼저 이어졌다.

"아래쪽에 검후와 육양 상인이 싸우고 있는 자들 중 한 명을 제압하게. 물론 자하검을 사용해야겠지. 제압하면 자네를 인정하도록 하지."

너무도 엉뚱한 제안.

화유성이 인정을 하든 안 하든 자하검은 적우강의 것이었다.

"제 것을 놓고 왜 인정을 받아야 합니까?"

"안 그러면, 자네가 자하검을 포기한 거라 여기고 노부가 가져갈 테니까."

화유성은 당연한 질문을 왜 하느냐는 듯 씨익 웃으며 적우강을 쳐다봤다.

"어쩔 수 없군요."

적우강은 고개를 절레절레 흔들었다.

"오, 순순히 말을 듣기로 한 건가?"

"아뇨. 과연 어르신께 그런 제안을 아무렇지도 않게 할 정도의 실력이 있는지 확인해 보려 합니다."

"허! 이거 당황스럽군. 내게 덤비겠다는 말인가?"

"선공하겠습니다."

적우강은 다부진 눈빛과 함께 자하검에 손을 댔다.

그때였다.

살랑—

'……?'

적우강이 막 손을 쓰려고 할 때, 이마를 간질이는 바람이 묘한 향기를 싣고 날아왔다.

적우강은 향긋한 냄새를 맡을 수 있었다.

향기가 날아오는 곳을 찾기도 전이었다.

떵!

자하검의 전신을 뒤흔드는 충격이 손으로 전해졌다.

"헉!"

그것은 폭풍이었다. 머리칼과 의복이 뜯겨져 나가는 것이 아닐까 싶을 정도의 폭풍이었다.

적우강은 현천진기를 최대한 끌어 모았다.

슛.

'웅? 이 느낌은!'

자하검이 손등을 감싸며 검과 손이 하나로 이어지는 느낌이었다.

놀랐던 마음이 가라앉으며 모든 힘을 손에 집중시키자 자연스럽게 중심을 잃지 않을 수 있었다.

스스슷.

폭풍이 멈췄다.

적우강은 거칠게 숨을 몰아쉬며 믿을 수 없다는 눈으로 화유성을 쳐다봤다.

본능적으로 강한 사람이란 것은 느꼈지만 가벼운 손짓 한 번으로 적우강을 날려 버릴 정도의 폭풍을 일으킬 줄은 상상도 하지 못했다.

꿀꺽.

마른침이 절로 삼켜졌고 소름이 등을 타고 올라왔다.

화유성이 언제 손을 뻗었는지도 보지 못했고 무슨 수법을 사용했는지도 짐작할 수 없었다.

화유성은 후기지수들과는 격이 달랐다.

그러나 화유성이 놀란 것에 비하면 적우강의 놀람은 아무것도 아니었다.

'버, 버텨? 비록 바람을 자하검에 집중시켰다고 하지만 볼 수도, 느낄 수도 없는 공포를 이겨냈다고?'

보기에는 손짓 같으나 손으로는 매화를 피워내고 움직임으로 적우강과 화유성 사이의 공간을 압축시킨 결과였다.

"혹시… 아니지, 알 리가 없어."

화유성은 고개를 흔들며 몇 번이나 같은 행동을 반복했다.

그러다 결심을 했는지 적우강을 향해 화난 얼굴로 물었다.

"압(壓), 파(波), 절(絶), 평(平)의 의미를 아느냐?"

느닷없는 질문.

적우강은 대답을 못하고 멀뚱하니 눈만 깜빡거렸다.

'이럴 줄 알았어. 우연히 한 번 막은 걸 갖고 쓸데없는 말을 해버렸군.'

화유성은 막상 질문을 하고 나자 후회됐다.

검의 각 경지마다 담겨 있는 네 가지.

기를 모아 흐름에 따라 내보내고 끊어진 기는 자연스럽게 채워진다.

순환이었다.

일검에 모든 것을 싣되 처음과 같은 상태가 되는 것.

어떠한 경우라도 단 한 번으로 모든 것이 끝나는 공부를 해서는 안 되는 것이다.

조금 전에 펼친 화유성의 단순한 손짓에는 매화검의 정수가 담겨 있었다. 모르면 평생이 가도 모를 수밖에 없는 한 수였지만 그것을 적우강은 본능적으로 느끼고 전력을 다해 막은 것이다.

자하검과 같은 영기를 지닌 물건은 주인을 선택한다고 했다. 지금껏 수많은 세월 동안 자하검이 선택한 주인은 화산에서 나오지 않았다. 그때였다.

"알고 있습니다."

"아, 알고 있다고?"

화유성은 눈을 부릅떴다.

적우강은 떨리는 몸을 진정시키기 위해 애쓰고 있었다. 화유성의 손은 부딪치기 전까지 실바람이었으나 부딪치는 순간 폭풍으로 변했다. 몸이 터져 나가지 않은 것이 신기할 정도로 강렬한.

"뭐냐? 어서 대답해 봐라."

화유성이 급히 대답을 촉구했다.

"검입니다."

"검?"

"예, 검."

"어째서?"

"버릴 줄 알아야 채울 수 있으니까요."

"…버릴 줄 알아야 채울 수 있다라……."

화유성은 적우강의 말을 따라 하며 두어 번 눈을 깜빡였다. 원하던 대답이었다. 하지만 그토록 기다리던 대답이 화산파의 제자가 아닌 엉뚱한 녀석에게서 나온 것이다.

"어디서 봤느냐?"

화유성의 눈빛이 예리하게 빛났다. 적우강 혼자서 깨달았을 리 없다는 확신에 찬 눈빛이었다.

"예?"

"어디서 봤느냐고 물었다."

화유성의 질문에 적우강은 고소를 지었다.

속일 수 없었던 모양이다.

"현천일검을 수련할 때 책에서 봤습니다."

"책? 그걸 깨달은 사람이 있다고?"

"사부님께서 남기신 말씀이십니다."

"점창파의 전대 장문인이……."

화유성은 혼잣말을 하며 고개를 끄덕였다.

혼자만 알고 있다고 여겼던 압, 파, 절, 평의 의미를 깨달은 자가 있다?

"화산의 검이 아니어도 알 수 있는 깨달음이었단 말인가? 허허허."

화유성은 한동안 허허롭게 웃다가 갑자기 표정을 굳히며 적우강을 노려봤다.

"최대한 빨리 끝내고 올라오너라. 마음 같아서는 십 초 내에 끝내라고 하고 싶으나 이미 한 말이 있으니 참기로 하겠다. 끙."

말을 마친 화유성은 꼴도 보기 싫은 것처럼 휑하니 돌아섰다. 하지만 적우강의 움직이는 기척이 들리지 않아 다시 돌아섰다.

"……."

"……."

"안 내려가? 뺏을까?"

화유성이 정말 손을 쓸 것처럼 소매를 걷었다.

"가, 갑니다."

적우강은 자신도 모르게 화들짝 놀라 몸을 뒤로 움직여 구릉에서 뛰어내렸다.

여전히 손에서 떨어지지 않고 있는 자하검의 촉감이 너무 좋았다.

第五章
검림팔주

며칠 전, 검림의 여덟 수호신위가 청문(靑門)을 지날 때였다. 청문은 섬서성의 화산과 여산 사이로 흐르는 강을 따라 몇백 리를 내려가야 나오는 곳이다.

"대형, 가슴이!"

검림의 여덟 수호신위, 검림팔주 중 둘째 검이(劍二)가 대형인 검일의 가슴을 보며 소리쳤다.

흑의를 뚫고 나오는 광채 때문이었다.

검림팔주의 사명은 천마검의 주인을 찾는 것이다.

검일의 가슴에 있는 천마옥(天魔玉)이 빛을 발했다는 것은 멀지 않은 곳에 천마검의 주인이 있다는 뜻이었다.

그러나 가슴에서 조심스럽게 타원형 구슬 모양의 천마옥을 꺼낸 검일은 적이 실망한 표정이 되고 말았다. 천마옥에서 흘러나온 광채가 생각보다 미미했기 때문이다.

"대형, 산양에 있을 때는 반응이 없던 천마옥이 빛을 발했습니다."

"저 위쪽에는 뭐가 있지?"

"화산!"

검일을 제외한 일곱 명이 이구동성으로 외쳤다.

이것이 검림팔주가 여산으로 향하게 된 시작이었다.

천마가 부인에게 주었다는 혈옥(血玉)이 천마옥의 다른 이름이기도 했다.

*   *   *

적우강이 선택한 쪽은 엽본기였다.

육양 상인은 거대한 불덩이를 양손에 들고 엽본기를 때려죽일 듯 몰아붙이지만 엽본기는 침착하게 공격을 막아냈다.

엽본기가 만들어낸 둥근 모양의 방패와 같은 빙막이 육양 상인의 공격을 퍼뜨리는 역할을 한 까닭이다.

쾅!

역시나 이번에도 육양 상인의 불덩이는 빙막을 깨뜨리지 못하고 멈췄다.

"허허허. 나도 늙었군. 저런 뼈다귀만 남은 마두 하나 죽이지 못하고. 이보게, 적 소협. 나머지 좀 맡아주겠는가?"

육양 상인은 뒤로 물러선 후 마치 적우강이 그곳에 있는 걸 처음부터 알았다는 듯이 돌아봤다.

"예?"

적우강은 내려서자마자 말을 걸어온 육양 상인을 보며 깜짝 놀란 표정이 됐다.

화유성과 한 약속 때문에 엽본기를 양보해 달라고 부탁해야 하는 적우강에겐 고마운 말이었다. 육양 상인의 자존심을 건드리지 않고도 싸울 수 있게 됐다.

"싫은가?"

엽본기 정도의 고수를 상대하라면서 걱정보다는 싫고, 좋음을 묻고 있었다.

"육양! 저런 애송이를 이용해 시간을 벌 속셈이냐?"

엽본기의 황당하단 반응은 당연했다.

"허허허. 시간을 벌어? 나는 천성적으로 그런 비겁한 짓은 못한다네."

육양 상인은 말을 마치고 슬쩍 시선을 위쪽으로 들어 올렸다. 마지막 공격이 끝난 순간 귓속을 파고든 음성이 있었다.

'화산백로께서 양보하라면 해야지. 허허허. 벌써 적 소협을 만나보신 건가?'

화유성과 같은 고수가 지켜보고 있다면 적우강이 위험할

일은 일어나지 않을 것이다.

후배를 위해 엽본기를 양보하는 것은 육양 상인에게 아무 것도 아니었다.

"양보해 주셔서 감사합니다."

적우강은 진심을 담아 육양 상인에게 포권을 취했다.

그 모습에 엽본기는 크게 흥분하고 말았다.

"야, 양보해 주셔서 감사? 이런 죽일 놈의 애송이!"

쩌저적.

엽본기의 양손이 마치 서리가 내려앉은 것처럼 하얗게 변했다.

"조심하게, 성숙일마의 빙공은 만만히 볼……."

육양 상인은 경고를 해주다 말을 멈추고 말았다.

육양 상인의 말이 끝나기도 전에 적우강이 먼저 움직인 까닭이다.

쾅!

자하검과 엽본기가 만들어낸 빙막이 부딪치며 굉장한 소리를 냈다.

지켜보던 육양 상인은 당연히 적우강이 뒤로 튕겨질 거라 여겼다. 하지만 적우강은 엽본기에게서 멀어지기는커녕 오히려 거리를 좁히며 다시 한 번 자하검을 휘둘렀다.

쾅!

'어떻게 저럴 수가 있지?'

육양 상인은 깜짝 놀라 눈을 부릅떴다.

적우강이 펼치는 무공은 분명히 현천일검이었다.

다른 점이 있다면 그동안은 땅에서만 펼치던 잠둔을 허공에서 펼치게 됐다는 것이었다.

잠둔은 상대의 사각을 파고드는 일종의 신법과 보법을 혼용시켜 놓은 움직임이었다. 적어도 화유성의 손짓 한 번으로 깨달음을 얻게 되기 전까지는 그랬다.

'내 곁을 그냥 지나갔을 뿐이다.'

손은 그냥 들어 올린 것뿐이고 진짜 공격은 바람이었다. 자하검을 향해 일제히 밀려든 주위의 바람.

기의 유무와 상관없는 화유성의 손짓.

조금만 다르게 생각하면 기라는 것을 반드시 모으려 하지 않아도 된다는 뜻이 아닐까?

물은 높은 곳에서 낮은 곳으로 흐르고 넘쳐야 흐를 수 있지만 과연 단전에 쌓인 기도 그럴까?

적우강의 생각으로는 기의 출수가 자유로운 고수라면 굳이 의식하지 않아도 될 것 같았다.

기를 모으는 과정이 생략된다면?

적우강은 실천해 볼 수 있는 기회를 얻었다.

쾅!

적우강은 자하검을 사용할 생각이 없었다. 단지 엽본기의 빙막을 공격하겠다는 의지만 실었을 뿐이었다. 하나 어느새 빙막에는 자하검이 닿아 있었다.

'된다!'

놀라운 경험이 아닐 수 없었다.

당연히 엽본기의 방어와 무관하게 재차 공격이 가능하게 됐다.

적우강의 입가에 웃음이 번졌다.

엽본기와 같은 고수를 상대하면서 지을 수 있는 표정이 아님에도 기쁨을 멈출 수가 없었다.

"헉! 이, 이 괴물 같은……!"

엽본기는 이를 갈면서도 반격할 생각보다는 계속해서 빙막을 만들기에 급급했다.

적우강의 공격은 거듭될수록 첫 공격의 위력을 고스란히 담고 있었다.

기회만 오면 일수에 적우강을 죽일 자신이 있건만 그럴 기회는 좀처럼 오지 않았다.

쾅!

쩍!

빙막에 처음으로 금이 갔다.

엽본기의 내공이 흐트러진 것이다.

적우강은 허공에 뜬 채로 엽본기를 바라봤다.

"……!"

엽본기는 놀란 눈으로 망설임없이 포물선을 그리며 내려

오는 자하검을 바라봤다.

적우강과 엽본기의 표정이 확연히 구분됐다.

쾅!

폭음이 터지며 한 사람이 뒤로 튕겨졌다.

"애송아, 내가 바로 성숙해의 마왕 엽본기다!"

엽본기가 씩씩거리며 뒤로 밀린 적우강을 향해 양손을 말아 쥔 채 곧장 달려들었다.

콰콰콰!

연속해서 날아오는 엽본기의 얼음 주먹.

적우강은 놓치지 않고 막아내기 위해 최선을 다했다.

자하검과 계속해서 부딪치면서도 엽본기의 손에는 상처하나 없었다. 빙공을 유형화시켜 일종의 수투(手套:장갑)처럼 사용하는 까닭이었다.

콰콰콰!

격렬한 부딪침은 멈추지 않았다.

엽본기는 계속해서 공격했고 적우강은 연신 뒤로 밀리며 자하검으로 방어에 급급했다. 그때마다 사방에 얼음 가루가 날렸다.

"헉헉… 네놈은 그때……! 도대체 네놈은 누구냐?"

전력을 다해 공격한 엽본기가 먼저 지친 목소리를 냈다.

"허허허. 많이 지친 모양이구려, 성숙일마. 내가 대신 말해 주리다. 수라검귀요. 앞으로 강호의 기둥이 될 훌륭한 이름이지."

조금 전까지 조마조마한 마음으로 지켜보던 육양 상인의 입가에 미소가 그려졌다.

'수라검귀? 처음 듣는 이름인데? 게다가 놈도 놈이지만 저 검은 보통 검이 아니다. 웬만한 검이라면 빙하마력(氷河魔力)에 몇 번만 부딪쳐도 부서졌을 텐데…….'

엽본기는 숨을 고르면서 적우강을 쳐다봤다. 다른 것보다 먼저 적우강의 손에 들려 있는 검이 눈에 들어왔다.

거무튀튀하고 볼품없는 데다가 날은 뭉툭한 검.

공격이 계속될수록 손이 저려왔다. 마치 자신의 힘을 되돌려주는 것같이.

"그 검… 혹시 자하검이 아니냐?"

자하검을 적우강이 갖고 있을 리가 없다고 생각하면서도 물었다. 하지만 적우강은 엽본기를 보고 있지 않았다.

조금 전, 거칠게 몰아붙이는 엽본기의 공격을 막기 위해 상당한 진기를 사용했음에도 자하검은 얌전했다. 혹시나 현천진기를 뚫고 불길이 나오면 어쩌나 싶었던 까닭이다.

"맞소."

적우강은 순순히 대답해 주었다.

"화산파의 자하검을 네가? 헉! 그, 그렇다면 화산파에서… 모, 모두 내려오너라! 부원주, 모두 데리고 내려와!"

엽본기는 화산파에서 꾸민 함정이라 여기고 급히 구릉 위

를 향해 소리쳤다. 하나 당장 내려와야 할 엽본무의 모습은
보이지 않았다.

"부하들을 기다리는 거라면 그럴 필요 없소, 다들 오지 못
할 테니."

"뭐?"

"당신과 저 가면 쓴 자가 전부요."

'저, 전부? 역시 누군가가 있다!'

엽본기는 자신의 예상이 옳았음을 깨닫고 당황한 표정으
로 물러섰다.

옆쪽에서는 형우와 검후의 싸움이 계속되고 있었다.

자파로 돌아가는 후기지수 중 한 명도 죽이지 못했다. 집마
원주로서 이렇다 할 성과도 보여주지 못한 상태로 마중천에
돌아간다면 보나마나 집마원주에서 쫓겨날 것이 뻔했다.

"혀, 형 단주, 그만 하고 돌아갑시다! 우린 함정에 빠진 것
같소!"

모든 것을 형우에게 뒤집어씌우는 길만이 엽본기로서는
살 수 있는 유일한 길이었다.

엽본기의 외침에 호옥청과 형우의 손이 멈췄다.

형우는 고개를 돌려 엽본기를 쳐다봤다.

이유를 묻는 것이라 여긴 엽본기는 재빨리 말을 이으려 했
다.

"저 위……."

"그만 짖어, 귀 아프니까."

형우는 폭풍극을 땅에 꽂으며 목을 좌우로 흔들었다.

"형 단주, 그게 아니라……."

엽본기가 다시 입을 열었을 때였다.

쉭!

인상을 쓰던 형우의 손에서 뭔가가 빠져나갔다. 폭풍극의 날로 사용하는 것과 비슷한 형태의 가면이었다.

가면은 십오륙 장은 족히 될 거리를 순식간에 좁히며 엽본기의 이마를 노렸다.

"헉!"

엽본기가 놀라서 양손으로 얼굴을 가리려 할 때 앞을 가로막는 인영이 있었다.

쾅!

촤아악.

적우강이 자하검을 든 채 무려 십여 걸음이나 물러났다.

"큭. 막아?"

형우는 어이없다는 듯이 웃으며 손을 들어 올렸다.

그제야 적우강은 형우의 얼굴을 똑바로 볼 수 있었다. 가면이 있어야 할 곳에 덩그러니 놓여 있는 창백한 얼굴. 가면이 사라졌다.

픽!

뒤쪽에서 소리가 났다.

"……?"

적우강은 천천히 돌아섰다.

이마가 반으로 갈라진 엽본기가 뒤로 쓰러졌다.

막을 수 있는 상황이 아니었다.

"이젠 좀 조용하군."

형우의 한마디로 정적이 흘렀다.

'보지도 못했다.'

이런 생각을 한 사람은 적우강뿐만이 아니라 싸움을 지켜 보던 호옥청과 육양 상인 역시 마찬가지였다.

"잘도 한눈을 파는구나."

호옥청이 이를 갈며 말했다.

창백한 얼굴에 깊게 패인 눈을 가진 삼십대의 사내.

조금 전까지 격렬하게 달려드는 척하던 자가 그곳에 있었 다.

"그 정도의 한기는 이제 소용없다. 가면을 벗기 전에 노력 하지 그랬느냐, 검후. 큭."

"지금도 충분해."

츠르릇.

호옥청의 월령검에서 아름다운 빛이 사방으로 뿌려졌다. 하지만 그 빛들은 형우의 근처에 도달하지도 못했다.

콰쾅!

월령검에서 나온 빛이 형우의 호신강기에 막혀 요란한 폭음만 만들어냈다.

"……!"

호옥청은 자신도 모르게 형우를 쳐다봤다.

가면을 벗은 형우는 완전히 다른 자였다.

형우가 한 행동이라고는 숨을 들이마시는 몸짓이 전부였다. 하나 그것만으로 월령검을 통해 나오던 무형의 선이 끊어지고 말았다.

형우는 놀란 표정의 호옥청에게서 눈을 떼며 하늘을 올려다봤다.

"볕이 따갑다."

형우의 중얼거림에 호옥청은 자존심이 크게 상했는지 몸을 떨었다.

"같잖은 놈! 낮이라 사용하지 않으려고 했건만 죽음을 재촉하는구나."

월령성휘(月令聖諱).

달의 명령으로 모든 것을 제압한다는 의미였다.

내공 소모가 극심해 밤이 아니면 사용하지 않는 초식이지만 형우의 행동은 호옥청을 자극하고 말았다.

촤아악.

퍼져 나가는 빛줄기들이 선명하게 빛나며 호옥청의 몸을 나선형으로 감돌다 그대로 형우를 향해 몰려갔다.

쾅!

폭풍극이 형우의 손아귀에서 회전을 일으키며 짓쳐드는 월령성휘의 빛줄기를 일일이 튕겨냈다.

호옥청의 공격이 멈출 때까지 형우가 움직인 거리는 모두 다섯 걸음이었다. 그것도 전진으로.

푹.

형우는 폭풍극을 바닥에 꽂았다.

"제대로 싸우면 이 정도는 되는군. 큭."

"아직 시작도 안 했다!"

호옥청의 싸늘한 말투가 낮게 깔리며 바람도 없는데 머리 칼을 휘날렸다.

신검합일.

몸과 검이 하나가 되는 경지였다.

"신검합일? 그 정도로는 힘들지."

형우는 피식, 웃었다.

신검합일이라면 대단한 공부가 분명하지만 가면을 벗은 형우에겐 위협이 될 수 없었다. 신검합일을 유일하게 깰 수 있는 강기를 사용할 수 있기 때문이다.

'응?'

호옥청의 신검합일을 막 깨뜨리려 할 때였다.

형우의 시선이 돌아갔다.

따끔.

'……!'

적우강은 손바닥을 내려다봤다.

형우의 몸에서 마기가 일어남과 동시에 손바닥에 반응이
왔다.

고개를 들자, 형우 역시 적우강을 보고 있었다.

두 사람은 잠시 서로를 쳐다봤다.

웅웅웅.

신검합일 된 호옥청이 곧 다가올 것이다.

그러나 형우는 그것을 느끼면서도 적우강에게서 눈을 떼
지 못했다.

적우강의 시선이 옆으로 이동하며 형우의 폭풍극에 닿았
다.

인간의 얼굴 형상을 하고 있는 무기.

'저 무기, 오래전에 본 기억이 있다.'

십 년 전, 문일선을 죽음 직전까지 몰고 갔던 무기를 잊었
을 리 없었다.

"폭풍극."

"……!"

형우의 표정이 일그러졌다.

적우강에게 말해준 적 없었다.

그러나 일단은 다가오는 호옥청의 공격을 막는 것이 우선
이었다.

신검합일되어 날아오는 호옥청과 형우의 손을 떠난 폭풍극이 정면으로 충돌했다.

쾅!

호옥청은 날아오던 반대 방향으로, 폭풍극은 형우를 향해 튕겨졌다. 검과 하나가 된 호옥청과 형우의 손을 떠난 폭풍극이 막상막하의 충돌을 일으킨 것이다.

형우의 우위였다.

"여기도 있다!"

육양 상인이 양손에 불덩이를 움켜쥔 채 형우를 공격했다. 하나 호옥청과 비교해도 밀리는 육양 상인의 공격이 형우를 어쩌진 못했다.

쾅!

육양 상인의 양손이 벌어지며 가슴이 열리고 말았다.

이럴 때 폭풍극이 휘둘러지면 육양 상인은 꼼짝없이 당할 수밖에 없었다.

그러나 형우는 육양 상인에게서 시선을 거뒀다.

'응?'

형우가 향하는 곳에는 적우강이 있었다.

부들부들.

적우강은 다가오는 형우를 보며 몸을 떨었다.

형우의 몸에서 흘러나오는 기운이 몸속에 잠자고 있는 불길을 자극하고 있었다.

"폭풍극을 본 적이 있느냐?"

형우가 파란 광망을 뿜어내며 물었다.

적우강은 고개를 끄덕였다.

"언제?"

"십 년 전에 봤소."

"십 년 전? 큭. 나와 농담을 하겠다는 거냐? 십 년 전이면 네 나이가 몇인데?"

"무극신마."

적우강의 입에서 나직하고 또렷한 말이 흘러나왔다.

"……!"

형우의 창백한 얼굴이 순간적으로 딱딱하게 굳었다.

적우강의 나이는 많아봐야 이십대 초반이었다. 십 년 전이라면 겨우 열한두 살이란 소리였다.

"겨우 열 살쯤에 사부님을 봤다?"

"사부님? 그래서 같은 무기를 쓰는군."

"어디서 봤느냐?"

"청해. 사부님께서 거기서 돌아가셨거든."

적우강의 말투가 차갑게 바뀌었다.

호옥청과 육양 상인은 다가오다 자리에 멈춰 섰다.

'적 소협이 무극신마를 알고 있다고?'

육양 상인은 의외의 말에 고개를 갸웃거렸다.

지금 적우강과 형우는 십 년 전 강호 최대의 사건에 대해 말하고 있었다.

마중천주와 무극신마의 죽음.

그 일로 인해 정도맹에선 마중천과 전면전을 치르겠다며 고수들을 모았던 적이 있었다.

구대문파와 오대세가가 몸만 사리지 않았어도 강호의 판도는 달라졌을 것이다.

"사부?"

형우의 반문으로 다시 대화가 이어졌다.

"점창파 전대 장문인이시다."

"점창파?"

형우는 빠르게 기억을 되짚어갔다.

십 년 전 청해호에 갔을 때 그곳에는 정도와 마도를 구별하지 않고 많은 시체들이 있었다.

그중 한 명이 점창파 전대 장문인이었던가?

하지만 말이 되질 않았다.

오직 시체뿐인 곳에서 적우강만 살았다는 뜻이 되기 때문이다.

구릉 위.

화유성은 갑작스럽게 강해진 형우를 보며 인상을 찌푸렸다.

'저것은 분명 환린대법(還燐大法)! 마교의 대법을 어찌 저 자가…….'

형우의 순간적으로 바뀐 변화.

빠른 성취를 원하는 마도인들의 속성과 맞지 않는 대법이라 의심했으나 환린대법이 아니면 저런 현상은 일어나기 힘들었다.

내공을 증진시키기 위해 영약이나 영물을 십 세 이전의 아이들에게 먹인 다음, 신체의 일부와 뇌를 연결시켜 놓는 것이 전부였다.

아이들은 무공을 익히지만 내공은 환린대법이 시술되기 전의 것만 사용할 수 있다. 하지만 그 상태로 십 년이 지나 금제가 풀렸을 때는 상상도 할 수 없는 힘을 가진 성인들이 되는 것이다.

십 년이란 세월을 견뎌야 하는 것 때문에 기피하는 대법이지만 일단 성공하게 되면 엄청난 고수가 될 수 있었다. 마치 칠백 년 전 불패의 신화를 만들어낸 천마수호대(天魔守護隊)처럼.

화유성이 보기에 형우가 보여준 과정은 분명 환린대법이었다. 가면을 벗기 전에도 호옥청과 접전을 벌이던 형우라면, 환린대법의 금제에서 벗어나는 순간 어느 정도 강할지 예상할 수 없었다.

이대로 손 놓고 있다가는 호옥청과 육양 상인은 물론 적우강까지 죽게 될 것 같았다.

막 구릉 아래로 내려가려던 화유성이 갑자기 동작을 멈추고 제자리에 섰다. 마차를 향해 빠르게 다가가는 그림자들이 보인 까닭이다.

'내려가 봐야겠다.'

일이 벌어진 다음에 손을 쓰기엔 거리가 너무 멀었다. 그만큼 형우나 다가오는 자들의 능력은 쉽게 볼 수 없는 자들이었다.

육양 상인은 지금이야말로 형우를 공격하기에 적절한 시기라고 생각했다. 모든 신경이 적우강을 향해 있는 지금이라면.

양손에 진기를 끌어올리려 했다.

"늙은이, 이 녀석에게 물어볼 말이 있으니 조금만 참아. 어차피 다 죽여줄 테니까."

"……!"

진기를 끌어올리는 것을 알고 있었던 모양이다.

가면을 벗은 것만으로 사람이 저렇게 달라질 수 있을까?

육양 상인은 마른침이 절로 삼켜졌다.

환린대법의 금제를 푼 순간 지난 십 년 동안 사용하지 않던 힘이 형우의 전신으로 퍼졌다.

'전화위복이 됐다. 구대장로들의 시야에서 벗어나기 위해

선택한 결과가 오히려 엄청난 힘을 가져다주었어.'

형우는 육양 상인에게서 시선을 떼고 적우강을 향해 손을 들었다가 잡아당기는 시늉을 했다.

너무도 평범한 손짓.

그러나 적우강은 자신의 뒤에 아무도 없다는 것을 떠올렸고 형우가 엽본기를 죽일 때 했던 손짓과 연관이 있음을 순간적으로 깨달았다.

적우강은 급히 상체를 앞으로 떨어뜨리며 그 상태로 땅과 일직선이 되어 잠둔을 펼쳐 이동했다.

쉬악.

듣기만 해도 소름이 끼치는 기음이 이어졌다.

"저 공격을 피하다니……."

호옥청이 자신도 모르게 중얼거렸다.

적우강의 실력을 알고 있다고 여겼건만 지금 보니 아니었던 모양이다.

과연 호옥청 자신은 형우의 저 허공섭물을 피할 수 있었을까?

"산 넘어 산이구나."

육양 상인이 걱정스러운 목소리를 냈다.

호옥청 역시 고개를 끄덕였다.

엽본기의 이마에 박혀 있던 가면은 형우의 손으로 빨려 들어갔다.

척.

형우는 가면을 폭풍극에 끼웠다. 그리고는 조금 전에 비해 차분해진 눈으로 적우강을 쳐다봤다.

"몇이나 살아남았느냐?"

"나 혼자."

"큭. 너를 살려준 자와 사부님이 동패구사(同敗俱死)라도 했다는 말이냐? 왜, 차라리 네가 사부님을 죽였다고 하지 그러느냐?"

"…아마도."

"뭐?"

"정확히 기억은 나지 않는다. 하나 정신을 차리고 보니 다들 죽어 있었다."

'설마.'

형우는 적우강의 표정을 보며 인상을 찌푸렸다.

적우강은 지금 겨우 열 살밖에 안 된 꼬맹이가 마도 최고의 고수 중 한 명인 무극신마를 죽였다고 말하고 있었다.

말이 안 되는 소리였다.

당시의 무극신마는 지금의 형우와는 비교도 안 되는 고수였다. 그런 형우에게 쩔쩔매는 녀석이 무극신마를 죽였다?

형우는 여기까지 생각이 이어지자 어이가 없어 자신도 모르게 파안대소를 터뜨리고 말았다.

"큭. 크하하하!"

적우강의 말장난에 멋지게 당한 것이다.

형우의 눈에서 살기 가득한 안광이 줄기줄기 뻗어 나오며 적우강을 향했다.

"네가 어디서 주워들은 모양인데, 꿈 얘기는 그만둬라. 대신 나를 기만한 대가는 치러야 한다, 애송이!"

츠— 츠르릇—

형우의 주위로 엄청난 기운이 휘몰아치기 시작했다.

따끔.

적우강의 손바닥에 다시 반응이 왔다. 자하검을 또다시 밀어내려 하는 것이다.

'헉. 상처가……'

적우강은 이번엔 화산에서처럼 고집 부리지 않고 자하검을 왼손으로 옮긴 후 오른 손바닥을 살폈다.

상처 부위가 벌어져 있었다.

꾹, 주먹을 쥔 채 형우를 쳐다봤다.

손바닥이 따가웠다.

형우의 기운이 강해지면 강해질수록 격렬하게 반응하는 오른손!

화산에서와는 다른 반응이었다.

놓아줘, 내보내 줘!

손바닥이 적우강의 머릿속을 향해 외치는 것 같았다.

부들부들.

떨리는 적우강의 손이 위로 올라갔다.

형우는 그 모습에 적우강이 목숨을 포기했다 여기고 비웃음과 함께 폭풍극을 내려쳤다.

팟.

적우강의 손에서 무언가 번쩍하는 것이 보였다.

형우는 그 빛이 눈앞까지 다가왔을 때에야 붉은색이란 것을 깨달았다.

쾅!

폭풍극과 붉은 빛이 충돌했다.

형우의 손에 전해진 힘.

묵직하긴 했으나 그 정도로는 형우의 옷자락도 스치기 힘들었다.

불끈.

형우는 힘을 주어 폭풍극의 방향을 바꾸려 했다.

적우강의 공격이 끝났다고 판단한 것이다.

그러나 적우강은 자리를 피했건만 폭풍극에선 여전히 힘이 전해지고 있었다. 그것도 엄청난 힘이.

'뭐지?

형우는 점점 붉어지는 폭풍극을 바라보며 이채를 발했다. 반대편으로부터 번지기 시작한 붉은 빛은 이내 폭풍극 전체를 붉게 물들이고 말았다.

이런 현상은 십여 년 전에 딱 한 번 본 적이 있을 뿐이었다.

"이것이 바로 본좌의 힘이니라. 수라파천!"

귓가를 파고드는 거대한 외침.

십대장로들과 함께 마중천주 관걸의 신위를 지켜보던 때였다. 웬만한 산보다 거대한 바위가 관걸의 손에 닿자마자 붉은색으로 변하다 이내 흔적도 없이 모습을 감췄다.

'그럴 리가 없다. 이 애송이가 어찌 수라파천을……'

놀라는 건 일단 말도 안 되는 이 힘을 해결한 후에도 가능했다.

콰콰쾅!

"……?"

연속된 폭음에 한쪽으로 피해 있던 적우강이 의아한 눈으로 형우를 쳐다봤다.

적우강은 한 번밖에 손을 뻗지 않았다.

"이럴 수가……."

적우강을 대신해 감탄해 준 목소리가 있었다.

육양 상인은 호옥청과 함께 입을 쩍 벌린 채로 형우를 손으로 가리켰다.

가면을 벗은 후 처음으로 형우의 신형이 물러섰다.

"네가 어떻게……."

형우는 끝까지 말을 잇지 못했다.

정말로 마기였다.

공격을 막은 형우만이 느낄 수 있는 마기였다. 그것도 엄청난 힘을 지닌.

아직 형체를 가지진 않았으나 조금만 더 커진다면 수라파천이라 해도 손색이 전혀 없었다.

멍해 있는 틈을 노린 걸까?

형우의 주위로 흐릿한 그림자들이 일어났다.

"이로써 분명해졌군."

소리도 없이 모습을 드러낸 인영들의 숫자는 여덟.

모두 수염이 하얗게 센 노인들이었다.

"뭐가 분명하다는 거지?"

형우는 나타난 노인들을 바라보며 긴장을 감추지 못했다.

"환린대법의 금제에서 풀려나니 세상을 다 얻은 것 같은가, 마면신룡? 열두 시진 안에 그 힘을 네 것으로 만들지 못하면 소용없을 텐데? 물론 네가 원한다면 그 정도 시간은 우리 검림팔주가 충분히 끌어줄 용의가 있다."

"검림!"

형우의 창백해서 더욱 선명하게 보이는 검은 눈썹이 역팔자가 됐다.

노인의 환린대법에 대한 말은 사실이었다. 아니, 그보다 검림에서 그 사실을 알고 있다는 것이 놀라웠다.

"마중천은 나날이 고수가 늘어나는구나. 환린대법을 생전에 다시 보게 될 줄은 몰랐군."

형우의 시선이 천천히 구릉 위쪽으로 향했다.

허공을 계단처럼 밟으며 내려오는 화유성이 눈에 들어왔다.

육양 상인은 빙그레 웃으며 내려오는 화유성을 향해 포권을 취했다.

"허공답보. 큭. 도대체 얼마나 많은 고수가 숨어 있는⋯⋯!"

형우의 빈정거림은 중간에 멈췄다.

화유성이 땅에 내려선다 싶은 순간 누가 밀기라도 한 것처럼 허공을 미끄러져 적우강의 곁으로 움직인 것을 본 것이다.

"잘 사용하게. 놓쳤으면 뺏으려고 했으니."

화유성은 적우강과 잠깐 스치는 사이를 놓치지 않고 농담을 건넸다. 대단한 여유였다.

픽.

적우강은 오른손에 쥐고 있는 자하검을 보며 자신도 모르게 실소를 짓고 말았다.

"누구지? 도사 냄새가 나는군. 화산? 무당?"

형우는 단번에 환린대법을 알아보는 대단한 존재감을 풍기는 노인을 노려봤다.

"노부는 화산백로라고 한다."

"⋯⋯!"

그토록 거만하던 형우의 얼굴에 긴장이 감돌았다.

화산백로라는 이름은 능히 마중천의 십대장로와 견줄 수 있는 이름이기 때문이었다.

"저 애송이가 점창파의 제자라는 건 거짓이었나?"

"점창파의 장문대행이다."

화유성이 순순히 대답해 주며 적우강의 앞에 섰다.

형우와 검림팔주로부터 보호하겠다는 뜻이었다.

형우로서는 최악의 상황이 아닐 수 없었다.

환린대법을 한눈에 알아보는 검림팔주를 상대하는 것도 부담스러운데 화유성과 같은 고수까지 나타난 것이다.

이젠 자리를 벗어나는 것을 걱정해야 할 판이었다.

"이봐, 이상한 애송이. 곧 다시 보게 될 거야. 그때는 네놈의 비밀을 밝혀주지."

"마음대로. 아! 마마대공을 만나게 되면 이 년 전의 빚을 점창파의 장문대행이 잊지 않고 있다고 전해줄 수 있을까?"

"마마대공을 아느냐?"

형우의 목소리가 차가워졌다.

"말했잖아, 빚이 있다고."

"빚?"

"그렇게만 전하면 알아들을걸?"

"……."

적우강이 마마대공을 잘 안다?

그것이 어떻게 가능하단 말인가?

도대체 저 애송이의 정체가 뭐지?

형우는 머릿속이 복잡해졌다.

"네놈의 정체를 저들은 아느냐?"

"허허허. 잘 알지. 말했듯이 적 소협은 점창파 장문대행일세."

육양 상인이 대신 대답했다.

그는 적우강이 조금 전 마기를 사용한 모습을 못 본 것이다.

"큭. 이로써 총단으로 돌아갈 선물은 마련된 셈인가? 적우강, 점창파 장문대행에 수라검귀라. 기억하겠다."

형우는 비릿하게 웃으며 몸을 허공으로 빼냈다.

십여 장은 솟구친 형우의 신형은 직각으로 꺾이며 날아갔다.

"마신비행……."

형우의 모습을 지켜보던 화유성이 자신도 모르게 나직이 중얼거렸다.

화산의 영역에서 대놓고 마신비행을 펼치는 놈을 그냥 보내주어야 하다니.

그러나 아무리 화유성이라도 눈앞의 검림팔주까지 상대하는 건 부담스러웠다. 그만큼 검림팔주 개개인이 풍기는 기도는 범상치 않았다.

"검림팔주. 노부도 오래 살았다고 자부하지만 직접 본 적은 처음이구려."

"검림팔주의 수장을 맡고 있는 검일입니다."

"화유성이오."

"알고 있습니다."

검일이라 자신을 소개한 노인은 예의를 잃지 않았다.

"저 망둥이를 찾아오셨소, 아니면 노부를?"

화유성은 형우를 가리키며 단도직입적으로 물었다.

"아닙니다. 저분을 만나러 왔습니다."

"저분?"

화유성은 검일이 돌아본 사람을 보며 의아한 눈이 됐다. 검일의 눈은 적우강을 가리키고 있었다.

"……?"

적우강은 검일이 왜 자신을 쳐다보는지 이해할 수 없어 어리둥절해지고 말았다. 검일은 물론이고 검림팔주에 대해 전혀 모르는 까닭이다.

'군웅대회에선 군악이와 일이 있었다고 하더니 화산을 내려오자마자 마중천의 고수들과 싸우고, 이젠 이름만 알려졌을 뿐 실체는 비밀에 가려진 검림의 고수들과 관련이 있다?'

화유성은 어리둥절해하는 적우강을 보며 속으로 혀를 찼다. 마음에 든 청년에게 한꺼번에 너무 많은 일이 겹치고 있었다. 좋은 현상일 리가 없었다.

"적 장문대행, 잠시 나하고 얘기 좀 하세나."

"예? 예."

적우강은 검일을 돌아보고는 화유성을 따라 한쪽으로 움직였다.

"적 장문대행은 화산검성에 대해 아는 바가 있나?"

검림팔주에 대한 얘기를 꺼낼 줄 알았던 화유성이 엉뚱한 질문을 했다.

"화산검성이시라면 자하검을 만드신 분이라고 알고 있습니다. 천마로부터 화산파를 지키셨다고."

"맞네. 화산검성께선 천마로부터 화산파를 구하셨네. 하나 제자들 입장에서 보면 버린 것이나 다름없기도 하지."

"예?"

"화산검성께선 천마를 막을 때 사용했던 무공을 남기지 않으셨네. 아마도 화산파에선 당신의 무공을 익힐 인재가 나오지 않을 것이라 확신하셨던 모양이네. 하긴 칠백 년 동안 자하검의 비밀을 푼 사람이 없는 걸 보면 맞는 것도 같군."

"……."

적우강은 아무런 대답도 하지 못했다.

자파의 비화를 남 얘기 하듯이 꺼내는 화유성이 신기하기도 했지만 뭔가 씁쓸함이 느껴져 미안해지기도 한 까닭이다.

"자하검은 칠백 년 동안 화산파를 버리지 않았는데 화산파가 자하검을 버린 셈이지. 자네가 자하검을 얻은 것이 아니라 자하검이 자네를 선택했다는 말일세. 잘 사용하게."

"…아!"

혁련궁에게서 자하검을 받았을 때와는 완전히 다른 느낌이었다. 지금까지는 남의 것이던 자하검이 비로소 적우강의 것이 된 듯한.

"부탁 한 가지만 하세."

'부탁? 화 어르신과 같은 분이 내게 부탁할 일이 뭐가 있다고……'

적우강은 바짝 긴장해서 화유성을 쳐다봤다.

"이 나이 먹고 남에게 부탁하는 건 처음이니 거절할 생각은 아예 하지도 말고."

"말씀하십시오."

"화산파를 남으로 생각하지 말게."

"예?"

"자하검이 자네 손에 있는 한 화산파는 남이 아니란 말이네. 남처럼 대하지 말라는 말일세."

화유성은 웃으며 농담처럼 말했지만 그 안에 담긴 진심을 적우강은 읽을 수 있었다.

"물론입니다."

적우강이 고개를 끄덕이며 시원하게 대답해 주자 화유성의 입가에 웃음이 가득 찼다.

"이젠 돌아가서 녀석들을 혼내주는 일만 남았군. 화산에서 있었던 그 어떤 일도 밖으로 나가지 않을 걸세. 화산백로의 이름을 걸고 약속하지."

화유성의 한마디는 적우강이 들었던 그 어떤 미사여구보다 신뢰가 갔다.

화유성은 그 말을 끝으로 자리에서 일어났다.

"아! 저 위에서 보여주었던 수법 말일세."

"예."

"그 수법은 매화첨첨이라고 이름을 붙였네. 이 나이쯤 되면 굳이 싸우지 않아도 상대가 알아서 도망칠 수 있도록 해주는 수법 몇 개는 가지고 있어야 하거든."

말은 쉽게 하지만 적우강은 그 수법 한 가지에 얼마나 많은 것이 담겨 있는지 깨달은 후였다.

"나중에 화산파 사람을 만나면 꼭 돌려주도록 하겠습니다."

"예끼, 그러라고 말하는…… 에이, 맘대로 하게."

"하하하."

"그럼 나는 이만 감세. 적 장문대행이 장문인에 오르게 되면 알려주는 것 잊지 말고. 그때까지 살지 모르겠지만."

"직접 찾아뵙겠습니다."

적우강의 대답을 듣고서야 화유성은 자리에서 일어났다. 검림팔주의 등장에 대해서는 일언반구도 없었다.

적우강은 화유성을 눈으로 배웅하고서야 돌아섰다.

돌아서자마자 눈에 들어온 검림팔주.

나타났을 때만 해도 눈치 채지 못했는데 여덟 명의 몸에서 뿜어지는 기운이 낯설지 않았다.

"저를 찾아오셨다고요?"

"그렇습니다."

검일은 극존칭을 사용했다.

"죄송하지만 저는 처음 뵙는군요."

"저도 처음 뵙습니다."

"점창파 장문대행 적우강입니다."

"점창파? 점창파에 적을 두고 계십니까?"

"예."

검일의 눈에 의아한 빛이 스치고 지나갔다.

그러나 품 안의 물건이 거짓을 알릴 리가 없었다.

"천마검의 주인을 뵙습니다."

검일이 갑자기 한쪽 무릎을 꿇었다.

적우강이 말릴 사이도 없이 일어난 일이었다.

"천마옥을 전해 드리고자 찾아왔습니다. 천마검을 보여주십시오."

검일의 목소리와 자세는 진지했다.

문제는 적우강이 검일이 하는 말을 하나도 못 알아듣는다는 데 있었다.

"천마검의 주인은 뭐고, 천마옥은 무엇입니까?"

적우강이 모른 척한다고 생각했는지 검일이 말없이 품에서 구슬 하나를 꺼냈다.

예사롭지 않은 기운이 주위로 퍼졌다.

"천마검에 끼워질 천마옥입니다."

검일은 천마옥을 적우강에게 건네며 흥분을 감추지 못했다. 하지만 당연히 받아들일 줄 알았던 적우강이 고개를 흔들었다.

"사람을 잘못 찾아오신 것 같습니다. 저는 천마검의 주인이 아닙니다."

적우강은 검일이 믿지 못하겠다는 눈으로 쳐다보자 어쩔 수 없이 양손을 벌린 채로 한 바퀴 돌았다.

'정말로 없다! 그럼 마면신룡을 공격할 때 사용한 마기는 어찌 된 거지?'

적우강이 형우를 공격할 때 천마옥은 그 어느 때보다 강렬한 붉은 빛을 뿜어냈다. 천마검의 주인이 아니면 천마옥에서 그런 반응이 나올 리 없었다.

"그럼……."

적우강은 포권을 취한 후 마차를 향해 걸어갔다.

"잠깐 기다려 주시오!"

"예?"

"마면신룡을 공격할 때 사용했던 무공이 뭔지 알려주시겠소?"

"현천일검입니다."

"그것 말고. 검이 아닌 오른손을 사용했던 그 공격 말이오."

"……!"

적우강은 그제야 검일이 자신과 형우의 싸움을 마지막까지 지켜봤음을 깨달았다.

어떻게 설명을 해야 할지 감이 오질 않았다.

"제 몸속에 있는 불덩이가 나왔다고 하면 믿으시겠습니까?"

"불덩이?"

"그렇게밖에 설명이 안 되는 상황이었습니다."

'그 힘은 분명 마기였다. 한데 어떻게 지금은 전혀 느껴지질 않는 거지?'

검일은 믿을 수 없다는 표정이 되어 적우강을 쳐다봤다. 정말로 적우강의 몸에서는 마기라곤 조금도 느껴지지 않고 있었다.

적우강은 검일이 자신의 얼굴만 빤히 쳐다볼 뿐 이렇다 할 말을 하지 않자 다시 한 번 포권을 취하고 마차로 걸어갔다.

"대형, 이대로 보내면……."

검림팔주 중 한 명이 검일에게 결정을 재촉했다.

"보내 드려라. 천마옥이 반응한 것은 분명하니까."

"림주님의 명령을 어기려고 하십니까?"

"림주님께선 천마검의 주인을 모시고 오라고 했지, 저 소협을 데리고 오라 하지 않으셨다."

"천마옥이 반응한 것이 그 증거 아닙니까?"

"검이, 역대 검림팔주들께선 천마검의 주인을 찾아 평생을 바치셨다. 우린 겨우 오십 년이 걸렸을 뿐이다. 신중에 신중을 기해야 한다."

"만약 저 소협이 천마검의 주인이라면 어쩌실 겁니까?"

검이의 목소리가 격앙됐다.

"오십 년 만에 처음으로 천마옥이 반응했는데 정작 있어야 할 천마검은 없다. 림주님께 뭐라고 말씀드릴 테냐, 검이?"

"……."

"서두르지 마라. 저 소협에게 우리가 모르는 비밀이 있는 것 같다. 그것을 알아낸 후에 림주님께 모셔가도 늦지 않는다. 검이, 나를 믿어라."

검일은 마차로 돌아가는 적우강에게서 눈을 떼지 못했다.

현기가 흐르는 검을 차고 마기를 사용하는 청년.

천마검의 주인이라 확신하고 있는 저 청년에 대해 조사가 필요했다.

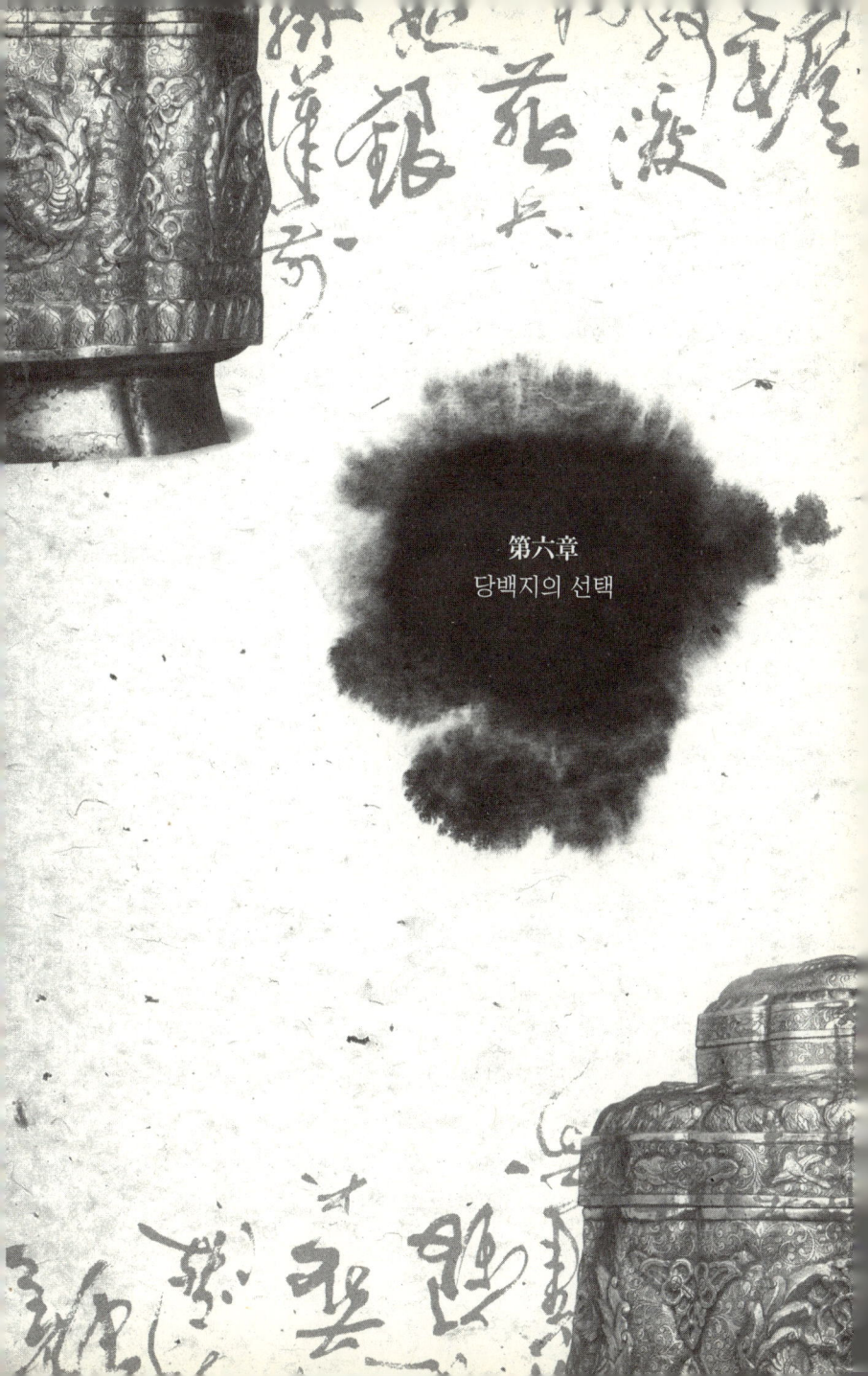

第六章
당백지의 선택

적우강이 마차 안으로 들어가자 사람들이 일제히 쳐다봤
다.

"왜들 그렇게 봐요? 잠시 나갔다 온다고 했잖아요."

적우강은 왜들 그러는지 모르겠다는 듯 눈을 껌뻑거리며
입을 열었다.

"이 시간이 잠깐이에요? 도대체 아픈 몸으로 왜 싸움을…
몸은 어때요?"

당백지가 걱정이 되어 다그쳤다.

"괜찮아요."

"어디 봐요."

당백지는 대뜸 적우강의 손을 펴보았다.

마차에서 나가기 전에 혼원예에게 하는 말을 들었기 때문에 손부터 확인하려는 것이다.

그러나 펼쳐진 적우강의 손은 멀쩡했다.

"어?"

"왜요?"

"손이 멀쩡하잖아요."

"손이요?"

적우강의 손이 멀쩡하다는 당백지의 말에 혼원예가 재빨리 다가와 살펴보았다. 정말로 멀쩡했다.

"사형들, 걱정하셨죠?"

적우강은 슬쩍 손을 빼내며 가대건과 주정민을 돌아봤다.

그런 적우강의 모습을 지켜보는 눈이 있었다. 파르르 떨리는 눈꺼풀을 억지로 올리며 보고 있자니 구자귀의 눈이 촉촉해지고 말았다.

"적… 사제……."

작고 떨리는 불안정한 목소리였다.

그러나 그 작은 목소리로 인해 적우강과 가대건과 주정민은 석상처럼 굳고 말았다.

그토록 보고 싶던 한 사람이 정신을 차린 것이다.

일순 마차 안이 조용해졌다.

"깨셨어요, 구 사형?"

적우강은 애써 예전의 모습을 잃지 않으려고 웃었다.

"…미안……."

깨어나서 제일 먼저 하는 말이라고는.

구자귀는 자신이 생각해도 우스운지 안면을 푸들푸들 떨었다.

"하… 하하… 우, 움직이질 못해… 다리 때문에… 미안……."

구자귀는 마차 천장으로 시선을 돌리며 목젖을 여러 번 울럭거렸다. 뭐라고 말을 하고 싶은데 아무 말도 할 수 없었다.

"구 사형답지 않게 엄살이에요? 다친 곳이야 고치면 되잖아요."

적우강이 장난스럽게 말하자 다들 눈이 동그래져서 적우강을 쳐다봤다.

이런 식으로 말을 하는 사람이 아니라는 걸 다들 아는 까닭이다.

가대건과 주정민 역시 의외라는 눈들이었다.

피식.

적우강은 문일선을 떠올리며 웃었다.

당최 심각한 거라곤 없던 분.

언제나 웃음을 입가에 달고 사셨던 분.

당백지를 보내주어야 한다고 결정을 내린 순간 구자귀가 돌아온 것이다.

사형들을 모두 찾았다.

걱정할 것은 이제 없는 것이다.

'마차에서 나갈 때와 완전히 다른 사람이 됐어.'

당백지는 걱정스런 눈으로 적우강을 쳐다봤다.

사람이 갑자기 변하는 데에는 이유가 있다고 했다.

적우강의 웃는 모습이나 말이 많아진 모습.

지켜보는 당백지로서는 불안해질 수밖에 없는 변화였다.

덜컹.

마차가 멈춰 섰다.

"벌써 여산을 지난 건가? 허허허."

육양 상인은 너털웃음을 흘리며 자리에 일어나 마차 문을 열고 내렸다. 그 뒤를 호옥청과 혼원예가 따라 내렸다.

"당 소저, 잠시 얘기 좀 해요."

적우강은 호옥청을 배웅하기 위해 일어선 당백지에게 말을 건네고는 호옥청과 반대편으로 데리고 갔다.

돌아선 적우강의 얼굴에는 웃음이 떠올라 있었다.

당백지는 그 웃음을 보며 미간을 찌푸렸다.

"웃지 말아요. 안 그러던 사람이라 이상해요."

"할 말 있어요."

적우강의 목소리가 살짝 떨렸다.

지금부터 해야 할 말을 당백지가 어떻게 받아들일지 짐작

할 수 없는 까닭이었다.

"여산 중턱에서 내가 마차에서 내린 이유가 뭔지 알아요?"

"주변을 살핀다면서요? 아니었어요?"

"맞아요. 주변을 살피다 마차를 암습하려는 자들을 혼내줬
어요."

"역시 마중천인가요?"

"한데 그들만 처리해서 될 일이 아니더라구요. 구릉 위에
더 많은 자들이 숨어 있었거든요. 그래서 올라갔었어요."

"혼자서요?"

당백지가 인상을 쓰며 나무라듯이 말했다.

"거기서 화산백로 어르신을 뵈었어요. 마중천 무리들을 전
멸시켜 놓으셨더라구요."

"그랬구나. 그분은 구대문파의 장문인과 오대세가의 가주
들도 꼼짝 못하게 하는 분이세요."

"대단한 분이네요."

"그 말을 하려고 불렀어요?"

"아뇨."

적우강은 곧바로 말을 하려다 잠시 머뭇거렸다.

"뭔데요?"

"그거 알아요, 당 소저?"

"……?"

"내가 서둘러 강호에 나오게 된 이유."

"그야 사형들을 찾으러……."

"또 한 가지가 있어요."

적우강은 말을 멈추고 양쪽 엄지와 검지를 맞추어 둥근 원을 만들었다.

"어릴 때 살던 마을의 촌장 할아버지께 물어본 적이 있어요. 부모님이 보고 싶다고. 그랬더니 촌장 할아버지께서 손을 이렇게 만들고는 호수로 가서 원 안에 누가 있는지 보라고 하시는 거예요. 가서 봤더니, 거긴 제 얼굴밖에 없더라구요. 자식은 부모를 닮는다고 부모님 보고 싶으면 제 얼굴을 보라고 하셨어요."

적우강의 진지한 설명을 듣던 당백지는 순간적으로 어리둥절해졌다.

"당 소저도 한 번 해봐요. 강호에 일찍 나오게 된 또 한 가지 이유가 여기에 담겨 있거든요."

적우강은 원 안에 당백지를 담았다.

당백지는 갑작스런 적우강의 고백에 얼굴이 붉어지며 어쩔 줄을 몰라 했다. 저 원으로 보면 당백지의 얼굴밖에 보이지 않기 때문이다.

"삼 년만 기다려 줄래요?"

"예?"

갑작스런 적우강의 말에 당백지는 잠시 어안이 벙벙해지고 말았다.

"검후께서 당 소저를 제자로 삼고 싶으시대요. 좋은 기회예요."

"싫어요. 저는 적 소협을 따라갈래요."

"아까 가면 쓴 자 봤죠? 검후에 육양 상인까지 너무도 쉽게 제압하더군요."

적우강의 표정이 눈에 띄게 굳어졌다.

당백지는 적우강이 무슨 말을 할지 듣지 않아도 알 수 있을 것 같았다. 조금 전의 고백으로 설레던 마음이 착 가라앉았다.

적우강의 시선이 다시 당백지를 향했다.

"화산을 떠날 때 이미 제 마음은……."

"그 결정."

적우강이 당백지의 말을 잘랐다.

"……."

"그 결정, 잠시만 내게 양보해요."

"……."

스스슷.

바람이 좀 더 강하게 불어 머릿결을 흩뜨리는데도 당백지는 아름다웠다.

당백지는 자신의 의사를 일방적으로 막아버리는 적우강을 원망 어린 눈으로 쳐다봤다.

적우강으로서는 이런 선택을 할 수밖에 없었다.

당장 당가에서 당백지를 찾으러 오면 당연히 부딪쳐야 할 텐데 아직은 적우강에게 그들을 상처 없이 돌려보낼 힘이 없었다.

적우강은 지금의 결정이 최선이라 믿었다.

빤히 바라보는 당백지의 눈을 도저히 볼 수 없어 손을 들었다. 손가락과 손가락을 연결해서 원을 만들어 당백지의 얼굴에 가까이 댔다.

엉뚱한 그의 행동에 당백지가 멍하니 쳐다볼 때 그녀의 얼굴을 가슴에 안고는 돌아섰다.

"에……."

당백지는 적우강이 가슴으로 안았다가 곧장 떼어내자 아쉬운 소리를 냈다.

적우강의 고집스러움은 이미 경험한 후였다.

주정민을 구하기 위해 숙부인 당가환과 결판을 내려 할 때도 당백지에게 피해를 줄까 봐 일부러 멀리했던 사람인 것이다.

"그냥 가려고요?"

당백지는 마차로 돌아가려는 적우강을 불렀다.

고집을 부린다고 결정을 바꿀 사람이 아니란 것은 알지만 이대로 보내는 건 아니었다.

감정에 솔직하고 싶었다. 달려들어 떼를 써서라도 같이 있고 싶었다. 하지만 그러기엔 적우강이 너무 진지했다.

"삼 년 뒤엔 정말 데리러 올 거예요?"

멈칫.

적우강의 신형이 멈춰 섰다.

"돌아서 봐요."

당백지가 다시 돌아서길 촉구했다.

그러나 적우강은 돌아서지 못하고 멈춰 있었다.

그때, 등 뒤로 당백지가 다가오는 소리가 들렸다.

'오, 온다.'

쿵쿵쿵.

심장이 마구 뛰었다.

"칫. 돌아봐요, 어서! 안 그러면 안 가요."

바로 뒤까지 왔다.

적우강은 이미 검무대회에서의 당백지를 봤잖은가?

돌아서지 않으면 무슨 행동을 할지 몰랐다.

"당… 읍!"

돌아선 적우강의 입술을 막아버리는 것이 있었다.

적우강은 눈앞이 캄캄해지며 모든 신경이 입술로 향하고 말았다. 부드럽게 감싸는 이 느낌은 당백지의 입술이었다.

당황한 적우강은 급히 당백지를 떼어내려 했지만 당백지는 전혀 그럴 생각이 없는 듯 양손으로 목까지 휘감으며 떨어지지 않았다.

노력은 한 번이면 족했다.

부드럽게 당백지를 안고서 번쩍 들어 올렸다.

"읍?"

이번엔 당백지가 당황해서 적우강을 쳐다봤다.

품에서 떨어지려는 그녀를 적우강이 양팔로 꼭 잡고 놓아주지 않았기 때문이다.

잠시 둘만의 시간을 더 가진 두 사람.

동시에 떨어지며 서로를 바라봤다.

"됐어요, 적랑."

당백지는 적우강의 양손을 매만지며 웃었다.

다시 한 번 느끼게 되는 당백지의 과감함에 적우강은 멍한 표정으로 바라봐 주는 것이 전부였다.

"당······."

"당? 이렇게 해놓고 당 소저라고 할 거예요?"

당백지가 양손을 허리춤에 올리며 노려보는 척했다.

"지 매."

"어차피 떼써도 안 데려갈 거잖아요. 그럼 포기해야죠. 나, 가는 거 보고 돌아서요."

마음을 정한 당백지의 얼굴은 환해져 있었다.

자신의 의지로 당가를 떠나겠다고 마음먹은 여인이 적우강의 한마디에 고집을 꺾은 것이다.

이런 여인을 보내는 것이 잘하는 것일까?

적우강의 마음이 흔들렸다.

그런 것을 알기라도 했는지 당백지는 호옥청에게 달려갔다.

멀리서 육양 상인과 호옥청이 뭐라고 하는 것 같은데 귀가 멍멍해서 아무 소리도 들리지 않았다.

세 사람이 시야에서 사라지고 나서야 적우강은 손을 들어 자신의 입술을 만져 보았다.

"당 소저는……."

가대건은 적우강이 혼원예와 단둘이 들어오자 어리둥절한 표정으로 쳐다봤다.

"검후와 함께 갔어요."

적우강의 말에 가대건과 주정민은 더 이상 묻지 않았다. 적우강은 잠시 말을 끊었다가 다시 이었다.

"사실 사형들한테 먼저……."

"됐습니다. 장문대행께서 결정을 했으면 우린 따르겠습니다."

주정민의 짧고 명확한 의사 전달에 가대건도 곁에서 연신 고개를 끄덕였다.

이들이 어떤 우여곡절을 겪었는지 모르는 혼원예로서는 감탄을 금하지 못했다.

'가 소협과 주 소협은 적 소협의 사형이라고 했는데 어떻게 저럴 수 있지?'

성수궁에서는 상상도 못할 일이었다.

"전부터 묻고 싶었는데요, 두 분은 적 소협이 장문대행이 된 데에 불만이 없어요? 그렇잖아요, 사제가 장문대행이 돼서 명령을 내리면 기분 나쁘지 않아요?"

혼원예는 속에 있는 말을 여과없이 내보냈다.

가대건과 주정민이 듣기엔 다소 불편한 말일 수 있었다. 하지만 두 사람은 오히려 마주 보며 웃었다. 혼원예 덕분에 함께 수련해 온 세월을 되돌아보게 된 까닭이었다.

"장문대행이니까……."

대답은 엉뚱한 곳에서 힘겨운 목소리로 들려왔다.

구자귀가 고개만 들고서 적우강을 바라보고 있었다.

혼원예는 그 모습에 재미없다는 듯 낮게 한숨을 내쉬었다.

구자귀의 다리는 다쳤을 때 곧바로 치료하지 않아 신경이 마비된 상태였지만 못 고칠 정도는 아니었다.

"구 사형, 제게 업히세요. 우리도 이제 점창파로 가야죠."

적우강이 등을 돌려 자리에 앉았다.

그러자 가대건과 주정민이 앞 다투어 구자귀를 업으려 했다.

"구 사형은 내가 업습니… 억! 야, 주정민, 왜 밀어?"

"구 사형이 언제 널 좋아했다고 등짝을 내밀어. 비켜, 내가 업을 테니."

"웃기고 있네. 구 사형이 넌 좋아했냐?"

가대건과 주정민의 말다툼을 지켜보는 혼원예는 무의식적
으로 웃으며 엄지손톱을 입에 넣고 깨물었다.

보기 드문 사형제들의 의리도 보기 좋았지만 혼원예는 왠
지 적우강을 이대로 보내서는 안 될 것 같은 마음이 들었다.

몸속에 두 가지 기운이 공존하는 사람.

이대로 보내고 싶지 않았다.

"나, 참. 왜들 그렇게 난리예요. 치료만 받으면 걸을 수 있
는 사람을. 병자처럼 대하면서 위하는 척하는 건 위선이에
요."

구자귀를 서로 업으려던 세 사람은 일제히 혼원예를 쳐다
봤다.

그 모습을 혼원예는 흡족히 받아들였다.

"호호호. 여러분은 정말 행운아들이세요. 제가 누군지 잊
으셨어요? 성수궁의 소궁주라고요. 이 정도 상처는 몇 달 안
에 깨끗이 치료할 수 있어요."

"저, 정말인가요? 정말 구 사형이 걸을 수 있나요? 예전처
럼 무공도 익힐 수 있고요?"

적우강이 빠르게 말을 이어갔다.

"물론이죠. 하지만… 성수궁으로 가야 해요."

그때였다. 지금까지 잠자코 있던 성수파파가 마차 안의 주
방에서 나오며 손사래를 쳤다.

"아가씨, 안 돼요! 성수궁의 규칙을 잊으셨어요? 궁주님께

서 아시면 경을 치실……."

"파파는 가만히 있어. 내가 알아서 할 테니까."

'이게 모두 저 청년 때문이야. 애초에 치료를 못하게 막았
어야 했거늘.'

성수파파는 적우강을 노려봤다.

혼원예는 성격상 먼저 치료해 주겠다는 말을 한 적이 없었
다. 그런 혼원예를 무슨 마술을 걸었는지 적우강이 변화시킨
것이다.

"참, 세상에 공짜 없는 것 알죠? 구 소협의 치료가 끝나면
적 소협이 직접 데리러 오세요. 적 소협에게 부탁할 것이 있
거든요. 그게 조건이에요."

"부탁이라니요?"

"너무 심각해지진 말고요. 어때요? 그렇게 할래요?"

적우강은 혼원예의 묘한 웃음이 마음에 걸렸으나 구자귀
만 걸을 수 있다면 그런 것쯤은 아무것도 아니었다.

"약속하오."

"호호호. 그럼 됐어요."

혼원예는 구자귀를 태운 뒤 마차 문을 힘차게 닫고 먼지를
일으키며 길을 떠났다.

*   *   *

"모두 당가의 당백룡이란 녀석 때문입니다. 그 녀석이 뒤에서 군악이를 조종한 겁니다. 설마 몰락한 문파의 애송이 하나를 혼내려고 군악이가 그런 짓을 했을 리 없습니다."

방 안에는 화유성, 화군명, 화군악 세 사람이 앉아 있었다. 화군명은 아들을 변호하기 위해 최선을 다했고 화군악은 지은 죄가 있는지라 아무 말도 하지 못했다.

"군악아, 이 할애비한테 할 말이 없느냐? 수라검귀를 만나고 왔으니 네 애비처럼 혼날 말은 애당초 하지 않는 것이 좋으니라."

화유성의 말에 열변을 토하던 화군명은 입이 쑥 들어갔고 화군악은 초췌해진 얼굴로 식은땀을 흘리며 입을 떼지 못했다.

"네가 잘못한 게냐, 수라검귀가 잘못한 게냐? 그것만 말해라."

화유성은 화군명의 말을 들으며 상황을 어느 정도 짐작하고 있었다. 당백룡이란 녀석이 화군악을 이용했다는 말이었다.

그것만으로도 충분히 화가 난 상태였다.

화군악의 대답 여하에 따라 심각한 판단을 내려야 할지도 몰랐다.

'군악아, 진실을 말해야 한다.'

화유성은 화산의 미래를 위해 심각한 결정을 준비하고 있

었다. 손자 한 명보다는 화산의 미래를 걱정해야 하는 위치이
기 때문이다.

"…제 잘못입니다."

'응?'

"그것이 잘하는 행동인 줄 알았습니다. 구대문파와 오대세
가의 후기지수들을 하나로 묶을 좋은 구실이라 생각했습니
다. 아무도 인정하지 않는 군웅대회의 우승 따위… 버리고 싶
습니다, 할아버님. 크흑."

인정을 하자 화군악은 자신도 모르게 눈물을 떨어뜨리고
말았다.

"흐음……."

화유성은 깊은 한숨과 함께 시선을 들었다.

전혀 쓸모없는 손자는 아니었다.

"됐다. 장문인, 이름만 떨치는 데 급급하지 말게. 큰 그림
을 봐야지. 마중천에는 허물을 벗는 자들이 속속 나타나는데
정도는 태평하기만 하니……. 오늘부로 군악이와 폐관수련
에 들 생각이네. 그리 알고 정도맹에 지원하는 일 외에는 일
체 제자들의 출입을 금하게."

"아, 아버님……."

"그리고 적 장문대행과 있었던 일에 대해서는 자네가 직접
무마시키게. 혈기 왕성한 젊은이들의 일이잖은가?"

"적 장문대행이라면……."

"자네가 그랬잖은가, 수라검귀라고."

"수, 수라검귀! 아버님, 그리되면 화산파의 체면이 말이 아니게 됩니다."

"아직도 체면 운운하는 걸 보니 정신을 못 차린 게야. 어쩔 수 없지, 강호명숙들의 발걸음을 되돌려 내가 직접 해명을 하는 수밖에."

"아버님!"

"그리하겠는가?"

화군명은 곧바로 대답하지 못하고 진땀을 흘렸다.

그러나 누구의 명령인가?

"…예, 아버님."

'적 장문대행, 자네를 좀 이용해야겠네. 대상이 없이는 성장도 없는 법. 다음에 군악이를 만나게 되면 화산이 군악이의 양어깨에 내려앉은 걸 보게 될 게야.'

화유성은 생각만 해도 흐뭇한 광경이 떠오르는지 활짝 웃었다.

*   *   *

석양이 붉은 머리를 풀어헤치며 길 위에 내려앉았다.

그림자 세 사람이 멈춰 섰다.

"벌써 어두워지네요."

적우강은 주위를 둘러보며 가대건과 주정민을 돌아봤다.

"근처에 노숙할 곳이 있는지 찾아보겠습니다. 잠시만 기다리십시오."

가대건이 서둘러 숲으로 들어갔다.

잠시 후.

"장문대행, 이쪽입니다."

숲에서 가대건이 들뜬 목소리로 적우강을 불렀다.

가장 먼저 투덜거린 사람의 목소리가 아니었다.

"어서들 오게."

불을 지핀 곳에서 낯익은 얼굴이 적우강을 향해 손을 흔들어주고 있었다.

"천잔수 대협?"

"귀신이라도 본 것 같은 표정이군. 배고플까 봐 고기 몇 점 구웠네."

치이익.

천잔수는 일부러 술을 부어 소리를 요란하게 냈다.

마치 약속이나 한 듯이 나타나는 사람들.

성숙일마, 형우, 화유성에 이어 천잔수까지.

"안 그래도 쉴 곳을 찾고 있었어요. 홍⋯⋯."

"홍 분타주. 자네를 만나러 간다니까 만사를 제쳐 두고 따라나서더군."

"총호법님."

홍예랑이 두 눈을 지그시 감으며 천잔수의 말을 끊었다.

"홍 분타주님, 잘 지내셨어요?"

"호호홍. 네, 덕분에 다른 곳으로 갔지만요."

상대를 곤란하게 해서 미안하게 만드는 홍예랑 나름의 인사법인 모양이다.

"죄송해요."

"그럼 부탁 하나 들어주세요."

"예?"

"총호법님 때문에 반나절이나 이곳에서 기다렸어요. 간단히 요기만 하고 편히 쉴 곳으로 가면 어때요, 예? 저 소협은 못 보던 분이네요?"

홍예랑이 가리킨 사람은 주정민이었다.

주정민은 농염한 몸매를 가진 여인이 자신을 지목하자 헛기침을 발하며 반쪽뿐인 얼굴을 돌려 버렸다.

"주정민이라고, 저와 점창파 동기예요. 하는 행동은 대범한 것 같지만 소심하죠."

가대건이 툭 한마디 던졌다.

"뭐? 그게 처음 보는 사람에게 할 말이냐?"

"왜? 사실이잖아."

"그게 어떻게 사실이야?"

"아! 아아, 알았어. 사실은 엄청 소심해요."

"야, 가대건!"

"뭐야, 어쩌라고. 킥킥킥."

가대건은 그제야 참았던 웃음을 터뜨렸다.

막 주정민이 달려들려 할 때 홍예랑이 앞으로 나서며 슬며시 가대건의 손가락을 엄지와 검지로 꾹 눌렀다.

"어?"

"가 소협, 보낸 애들에게 무척이나 잘해줬다면서요?"

홍예랑이 '무척'이란 말을 강조하자 가대건은 꿀 먹은 벙어리가 됐다.

화산에서 봤던 여인이 그제야 떠오른 것이다.

"호호홍. 괜찮아요. 저렇게 멋진 미남과 친구라니 다 용서해 줄게요."

"그 소저가 뭐라고 했는지 모르겠지만 무척 잘해주진 않았어요. 게다가 제겐 홍 누님이 있잖아요."

가대건의 '홍 누님'이란 말에 모닥불 주위가 일시에 잠잠해졌다.

"풉!"

누군가가 웃음을 참지 못하고 터뜨렸다.

"흐유, 조용히 얘기하긴 그른 모양이네. 일단 장소를 옮기세."

천잔수는 정신없다는 듯 어깨를 으쓱거리고는 자리에서 일어났다.

"고기가 다 익었는데 굳이 장소를 옮길 필요 없죠."

"그럼 그냥 여기서 먹을까? 옮기려는 곳으로 가면 좀 더 편하게 쉴 수 있기는 한데. 하긴, 자네만 괜찮으면 저 두 소협의 의사야 무슨 상관이겠나. 그냥 먹자구."

천잔수의 말에 적우강이 가대건과 주정민을 쳐다봤다. 가대건은 적우강의 시선을 슬며시 피했고 주정민은 마음대로 하라는 눈짓을 주었다.

"여기서 머나요?"

"아니야, 조금만 가면 돼."

"가죠."

"아니, 왜? 그냥 먹어도……."

"진즉에 갈 곳이 있다고 하시면 좋았잖아요."

적우강이 졌다는 손짓을 하며 천잔수를 쳐다봤다.

그제야 천잔수는 음충한 눈으로 한쪽 입꼬리를 올리며 웃었다.

"홍 분타주, 가 소협과 뒤의 마차를 타고 오고, 주 소협이라고 했지? 다른 마차로 안내해 줄 사람이 있을 걸세. 목적지에 도착해서 다시들 보자… 빠르기도 하군. 흐흐흐."

천잔수의 말이 끝나기도 전에 홍예랑이 가대건의 옷깃을 들어 올리며 가볍게 마차 안으로 던져 버리는 것을 본 것이다.

주정민은 화산에서 가대건에게 여자가 있다는 것은 알았

지만 그 여자가 홍예랑일 줄은 생각지도 못했기에 어이없다
는 웃음만 계속해서 터뜨릴 뿐이었다.

"자, 우리도 탈까?"

천잔수는 적우강을 마차에 태우고 출발했다.

마차 안으로 들어가자 성수궁의 마차와는 또 다른 분위기
가 기다리고 있었다.

장식물이라고는 아무것도 없고 침상 두 개만 있는 것이다.

"대협……."

"자네도 자두는 것이 좋아, 내일을 위해."

"예?"

"……."

"멀지 않다면서요?"

"안 멀어, 내겐. 한데 자네에겐 좀 멀 수도 있지. 흐흐흐.
그렇다고 너무 겁먹지 말고. 화산군웅대회에서 우승한 소감
은 어떤가?"

"대회가 끝나기도 전에 나왔는데요, 무슨."

"소무백에, 진부동에, 화군악까지 모두 꺾었잖은가. 흐흐
흐. 자네가 우승자나 다름없지. 사람들도 다들 그렇게 생각하
더군. 며칠이 지났으니 소문은 더 퍼지겠지. 여산을 지나는
후기지수들을 죽이려고 기다린 성숙일마를 처리한 건 정말
잘했네. 그 일로 자네의 이름은 상상을 초월할 정도로 유명해

질 걸세. 물론 수라검귀로 퍼지겠지만. 마중천 십대장로 무극신마의 제자인 마면신룡을 상대할 때는 나도 깜짝 놀랐네. 그 정도면 몰락한 점창파의 장문대행을 도와줄 사람들은 줄을 서지. 자자, 소개해 줄 사람들이 기다리고 있으니 잠 좀 자두게. 배고프면 저쪽 바구니에 과일을 담아놨으니 먹고. 저녁을 과하게 먹었나? 이상하게 피곤하네. 쩝."

적우강은 할 말을 잃고 순식간에 잠든 천잔수의 등을 멍하니 쳐다보기만 했다.

완전히 발가벗겨진 느낌이었다.

그것이 이날 천잔수와 나눈 마지막 대화였다.

전날 저녁에 출발한 마차는 무려 다음날 오후가 돼서야 멈췄다.

적우강이 내린 곳은 거대한 주루 앞이었다.

"여긴 어디예요?"

"만물촌. 두 사람을 데리고 들어오게."

마차에서 내린 천잔수는 그렇게 말한 뒤 곧장 주루 안으로 들어가 버렸다.

"뭐가 저리 바쁘신지……."

적우강은 말을 멈추며 두 번째 마차에서 멀쩡한 모습으로 내리는 주정민을 쳐다봤다. 주정민은 적우강과 눈이 마주치자 헛기침을 몇 번 하고는 옆으로 다가왔다. 여기까진 별문제가 없었다. 문제는 세 번째 마차가 열리면서부터였다.

딱 보기에도 초췌한 가대건이 입맛을 다시는 홍예랑에게 의지해 내리더니 덜덜 떨리는 다리를 쥐어박으며 다가왔다.

"가 사형, 괜찮아요?"

"무, 물론입니다, 장문대행. 홍 누님께서 지나치게……."

"지나치게?"

"헤헤헤. 지나치게 많은 걸 물어서……."

가대건은 해괴한 웃음과 함께 말을 얼버무리려 했다.

그 모습이 보기 싫었던 모양이다.

"다리만 물었나, 왜 그렇게 쩔뚝거려."

주정민이 한마디 쏘아붙였다.

"이, 이봐, 주정민. 그 말이 그게 아니잖아."

"그럼 다른 델 문 거야?"

"……."

가대건이 얼굴을 붉히며 주정민을 쏘아봤다.

"사형들, 천잔수 대협이 안에서 기다리고 있어요. 그만 싸우고 들어가요."

"헤헤헤. 역시 장문대행이 최고예요."

"어딜 물었으면 어때요. 가 사형이 참을 만하면 된 거죠."

"…자, 장문대행까지……."

적우강과 주정민은 가대건을 뒤로하며 돌아서서 마주 웃었다.

"주정민, 너……."

가대건의 경고는 이어지지 못했다.

주정민을 가리키며 뻗은 손가락이 홍예랑의 풍만한 가슴을 찌르고 만 까닭이다.

"어머! 또?"

홍예랑이 발그레한 얼굴로 가대건을 흘겼다.

하루 내내 같이 지내고도 여전히 활기찬 홍예랑의 모습에 기겁한 가대건은 손가락을 재빨리 집어넣고 잽싸게 적우강의 뒤를 따랐다.

탕!

거칠게 문을 연 천잔수는 자리에 앉아 있는 두 사람을 향해 가볍게 눈인사를 건넸다. 이미 두 사람은 천잔수가 무슨 말을 할지 알고 있는 상태였다.

"사람들은 천하제일표국을 구룡표국으로 알고 있으나 그 것은 잘못된 것이지. 구룡표국보다 거래가 많은 곳이 있는데 천하제일표국이니 뭐니 하면 안 되지. 금황표국의 금역비 대협, 안 그렇소?"

"반갑소, 적 소협."

천잔수의 소개를 받자마자 금의를 입은 중년인이 적우강을 향해 포권을 취했다.

적우강은 그를 본 적이 있었다.

군웅대회 때 검무대회와 비무대회에 관해 설명해 주던 자였다.

"적 소협, 자네는 천하에서 가장 많은 현금을 보유한 사람이 누구라 생각하는가?"

천잔수는 적우강이 질문할 시간도 주지 않고 다시 말을 이었다.

"글쎄요."

"이런. 당연히 각 성마다 지부를 갖고 계시는 은하전장의 주인 산목진 장주시지. 물론 천하제일갑부와는 다른 의미일세. 흐흐흐."

역시나 천잔수의 간단한 소개가 끝나자 거대한 몸집을 지닌 사내가 가볍게 고개를 끄덕였다. 몇 겹이나 되는 턱의 살들이 출렁였다.

"그리고 두 분을 이 자리에 모신 하오문의 총호법 천잔수 나곤이 날세."

천잔수는 자신까지 소개한 후에 어리둥절해 있는 적우강을 놀리듯이 쳐다봤다.

적우강으로서는 당황할 수밖에 없었다. 엉뚱한 상황에서 엉뚱한 제안으로 엉뚱한 곳까지 데려온 속셈을 모르는 까닭이다.

"나나 여기 계신 두 분은 마도니 정도니 하는 것엔 별 관심이 없네. 대가를 지불하는 손님만 있을 뿐."

"마중천의 일도 하신단 말씀입니까?"

"방금 말했잖은가, 마도니 정도니 그런 것들은 따지지 않는다고."

적우강으로서는 더더욱 의아스러워질 수밖에 없는 말이었다. 그렇다면 왜 이들을 소개하는 거지? 의문은 이내 귀찮음으로 변해갔다.

"한데 그것과 제가 이 자리에 있는 것이 무슨 상관이죠?"

"상관이 있지. 자네는 앞으로 나와 이분들의 일을 도와줘야 하거든."

"예? 제가 왜……."

"자네는 점창파를 재건해야 하고 우리는 안전하게 사업을 해야 할 필요가 있으니까. 앞으로 자네는 우리를 보호해야 하네. 표물 운반, 대금 운송, 주루 호위를 하면서. 어떤가?"

"자, 잠깐만요. 마치 제가 결정이라도 한 것처럼 말씀하시는군요."

"맞네. 다 결정된 일이네."

"무슨 말입니까, 저는 그런 결정 내린 적 없습니다."

"점창파를 재건하고 싶지 않은 건가?"

"재건할 겁니다."

"흐흐흐. 몰락한 문파가 다시 일어서는 데 필요한 조건이 뭔지 아나?"

"……."

"뭘로 점창파를 일으킬 건가? 돈 있나? 마중천과 정도맹이 언제 자네를 노릴지 알 방법이 있나? 자네를 도울 사람들은?"

"제가 알아서 합니다."

적우강은 화난 목소리로 대답했다.

"흐흐흐. 자네는 영웅일세. 지금은 비록 섬서성에서만 유명한 수라검귀지만 곧 정도인들이 자네를 영웅으로 추앙할 걸세. 점창파가 일어설 절호의 기회지."

"어폐가 있군요. 세 분 모두 정도와 마도를 가리지 않고 도와준다고 하셨잖습니까. 한데 저는 구대문파 중 한 곳인 점창파의 장문대행입니다. 마도 쪽과 관련된 일을 할 수는 없죠. 말씀은 고맙습니다만……."

적우강은 거절을 하려 양손을 모아 포권을 취하려 했다. 하지만 천잔수를 제외한 두 사람 중 한 명이 '픽' 하고 비웃음을 날렸다.

"흥. 어린애였군."

중성적인 목소리가 적우강을 향했다.

"제게 하신 말씀인가요?"

"여기 자네밖에 더 있나?"

산목진은 살찐 몸을 출렁이며 적우강을 돌아보기 위해 애쓰다 이내 포기했다. 그리고는 말을 이었다.

"정도? 흐웅. 그런 건 스스로가 정하는 것 아닌가? 어차피 시장에서 좌판 벌이고 장사하는 사람들에겐 그런 것이 아무

의미가 없어. 그들에겐 돈이 정과 마를 구분해 주는 척도지."

산목진의 말을 듣던 금역비가 고개를 끄덕이며 다음 말을 이었다.

"표물 역시 마찬가지일세. 아무리 귀중한 표물이면 뭐 하겠는가, 뺏기면 그만인데. 전해질 곳에 전해지면 그다음은 사용하는 자의 의도에 따라 정과 마가 구분되어지는 걸세."

"전달돼선 안 되는 물건이 전해질 경우도 있겠죠. 돈이 모든 것의 기준이 된다고요? 그럼 장주님은 신이겠네요. 그런 분이 왜 제게 부탁을 하는 겁니까?"

적우강의 목소리에는 은근히 비난의 어조가 담겨 있었다.

"적 소협이라고 했던가? 우린 자네가 돕든 안 돕든 상관없네. 천잔수 대협에게 받은 것이 있어서 갚으려고 온 것뿐이니까."

금역비는 혀를 차며 천잔수를 쳐다봤다.

금황표국과 은하전장은 하오문의 도움이 없었다면 지금처럼 성장하지 못했을 것이다.

천잔수가 와달라고 했을 때 두 사람이 만사를 제쳐 놓고 온 이유이기도 했다.

"흥. 흥흥. 구해주고 욕먹고. 이런 일이 있을까 봐 하지 말자고 했잖소, 천잔수 대협."

"구해주다니요?"

산목진의 묘한 말에 적우강은 황당한 표정으로 되물었다.

"구대문파와 오대세가의 출전자들을 그 모양으로 만들어 놓고 무사히 돌아갈 수 있을 줄 알았나? 확인은 해보지 않았지만 꽤 많은 고수들이 자네를 기다렸을 것이네."

적우강이 천잔수를 찾은 것이 아니라 천잔수가 적우강을 자신이 있는 쪽으로 유인했던 것이다.

그러나 산목진의 말만 듣고 고마워할 필요는 없었다.

"장문대행, 받아들이십시오."

그때 전혀 의외의 목소리가 실내를 울렸다.

주정민이었다.

당가의 일을 도우며 어깨너머로 봐왔던 강호의 생활은 비정 그 자체였다. 지금 눈앞에는 점창파를 재건시킬 모든 요소가 갖춰져 있었다.

강호의 곳곳에 있는 문파들의 위치와 점창파를 세울 수 있는 재력과 정보를 모두 얻을 수 있는 것이다.

주정민은 이 기회를 놓칠 수 없었다.

"저희가 하겠습니다. 점창파의 제자로서 장문대행께 감히 청합니다. 저희가 하도록 허락해 주십시오."

주정민의 목소리가 애절하게 들렸다.

"저도 주정민의 말에 전적으로 동의합니다."

가대건이 앞으로 나서며 한마디 거들었다.

그러나 천잔수의 고개가 서서히 가로저어졌다.

"흐흐흐. 두 사람은 착각하고 있군. 우린 자네들이 필요한 것이 아니라 적 소협이 필요하네."

천잔수의 말은 가대건과 주정민의 자존심을 긁기에 충분한 말이었다. 적우강은 순간적으로 화가 치밀어 올랐다.

"착각은 천잔수 대협이 하고 있습니다."

"무슨 말인가?"

"사형들이 원하는 일이 제가 원하는 일입니다."

적우강의 말이 끝나기 무섭게 천잔수의 얼굴에 웃음이 감돌았다. 그 표정은 이미 이렇게 될 줄 알았다고 말하는 것 같았다.

"호, 그럼 하겠다는 건가?"

적우강은 천잔수를 빤히 바라보다 고개를 저었다.

"조건이 있습니다."

"조건?"

천잔수는 의외라는 눈으로 적우강을 쳐다봤다.

방금 전까지 거절한다고 했던 사람이 기다렸다는 듯이 조건을 내세웠기 때문이다.

"두 사형이 검기를 자유자재로 끊어낼 수 있도록 도와주시면 제안에 따르겠습니다."

압, 파, 절, 평.

화유성 덕분에 이 네 가지가 검을 수련하는 사람에게 무척 중요하다는 것을 알게 됐다.

세 번째 절의 단계라면 가대건과 주정민을 충분히 지금보다 강하게 만들어줄 수 있을 것이다.

"흥! 그럴 가치가 있을까?"

산목진은 마치 적우강이 무엇을 요구하는지 알고 있는 것처럼 말했다. 산목진뿐만 아니었다. 천잔수와 금역비 역시 안색이 딱딱하게 굳었다.

"조금 전까지만 해도 저는 여러분들이 필요없었습니다. 하나 지금은 여러분들이 필요합니다. 그렇다면 공평한 조건이 아닌가요?"

적우강은 발끈하지 않았다.

"난, 찬성."

천잔수가 너무 쉽게 허락했다.

"흥, 이럴 줄 알았어. 그렇게 쉽게 허락을 해버리면 우린 어쩌란 말이오?"

"산 장주, 이미 상자가 열렸다는 걸 알잖소. 안에 뭐가 들었는지 보려면 그 정도 대가를 치러야겠지요."

금역비는 포기한 듯 껄껄대며 웃었다.

"금 국주! 타산이 맞질 않아요."

"제가 좀 더 손해를 보도록 하지요. 금황표국에 있는 천년하수오 한 뿌리와 공청석유 여섯 방울을 내놓겠소. 그 정도면 두 소협의 체질을 바꿀 정도는 될 것이오."

"힉!"

산목진이 살에 눌려 잘 보이지 않던 눈을 찢어져라 부릅뜨며 묘한 목소리를 냈다.

천년하수오와 공청석유.

이중 하나만 강호에 나가도 피바다가 될 수 있는 엄청난 가치를 지닌 영약들이었다. 그것을 금역비는 눈 하나 깜빡이지 않고 내놓겠다고 한 것이다.

'금 국주가 그걸 쉽게 내놓을 리가 없어. 천잔수! 저 인간이 수를 쓴 거야.'

산목진의 살찐 얼굴에 고민이 가득해졌다.

웬만한 걸 내놓아도 금역비가 내놓은 영약과 비교할 물건이 떠오르질 않았다.

"흐흐흐. 고민이 되시는 모양이오, 산 장주? 백갑(白鉀)과 묵투(墨套)는 어떻소? 천년하수오와 공청석유를 복용하고 한 쪽 손에 그 물건들을 끼면… 상상만 해도 엄청나구려."

"백갑과 묵투? 난 그런 것 없소."

산목진의 입가가 바르르 떨렸다.

"흐흐흐. 내가 누굽니까, 하오문 총호법 천잔수입니다. 십년 전에 입수하시고 아직까지 사용하지 않으신 걸 알고 있습니다. 이 기회에 저들 둘에게 줘버리시죠? 그런 보물은 사용해야 더 값이 나갑니다."

"그럴 수 없소! 그 물건이 어떤 물건인데."

"만년화리와 교환하는 조건이면 어떻습니까?"

"마, 만년화리?"

산목진이 깜짝 놀라 나곤을 쳐다봤다.

"여긴 만물촌입니다. 못 구하는 건 없지요."

천잔수의 표정은 진지했다.

만년화리 역시 천년하수오나 공천석유와 마찬가지로 엄청난 가치를 지닌 영약이었다. 하지만 특정한 경우가 아니면 무용지물인 영약이기도 했다. 만년화리 자체가 지닌 열기 때문에 웬만한 사람들은 복용하는 즉시 오장육부가 녹아버리는 까닭이다.

산목진은 대답 대신 적우강과 두 사형을 쳐다봤다.

아무리 봐도 그저 그런 무인들이었다.

천잔수는 도대체 저들의 뭘 보고 만년화리와 같은 영물을 투자하려 하는 걸까?

받아들이겠다는 말이 목구멍까지 넘어왔다.

하지만 그렇게 되면 또다시 천잔수에게 발목을 잡히고 말 것이다.

"조, 좋소. 하나 만년화리는 받지 않겠소. 그걸 받았다가 나중에 돌아올 내 몫이 줄어들지도 모르니. 흥. 흥흥. 적 장문 대행, 앞으로 기대하겠소."

중성적인 목소리로 적우강에게 말하는 산목진의 눈빛은 날카로웠다.

피식.

적우강은 그 눈빛을 부드럽게 넘기며 웃었다.

하오문, 금황표국, 은하전장.

재미있는 곳들이었다.

화산에서의 일을 하나도 빠짐없이 알고 있는 하오문의 정보력에는 새삼 감탄을 금할 수 없었다.

당백지를 검각으로 보낼 때만 해도 앞으로 일을 어떻게 풀어나가야 하는지 몰랐으나 이젠 약간이나마 숨통이 트이는 것 같았다.

천잔수가 말하는 백갑과 묵투가 어떤 물건인지 몰라도 가대건과 주정민이 지금보다는 훨씬 강해질 것이라 여겨졌다.

"잠시 나 좀 보세, 적 소협."

천잔수는 나가려는 적우강을 슬쩍 불러 다시 자리에 앉혔다.

"자네가 이토록 쉽게 제안을 받아들일 줄은 생각도 못했네. 자네를 설득하려고 만든 나머지 계획들이 전부 소용없게 됐잖은가. 흐흐흐."

"주 사형이 그렇게 말할 때는 이유가 있으니까요."

적우강은 조금의 주저함도 없이 말했다.

"대단한 신뢰군."

"제가 사형들을 신뢰하는 것 이상으로 사형들이 저를 신뢰하거든요."

짧지만 강렬한 사형제 간의 의리를 느낄 수 있는 말이었다.

"저도 한 가지 여쭤봐도 될까요, 대협?"

"질문?"

"왜 저를 이렇게 도와주시는 겁니까?"

"내가 자네를?"

"그렇지 않으면 왜 금황표국의 주인과 은하전장의 주인을 이곳으로 부르신 겁니까?"

적우강의 질문에 천잔수가 고개를 가로저었다.

"흐흐흐. 자네 뭔가 오해하고 있군."

"예?"

"내가 왜 저들을 불렀다고 생각하나? 저들이 먼저 내게. 제안을 했을 수도 있지 않은가? 십 년 동안 공석이던 마중천주의 자리가 곧 채워진다는 소문에 가장 촉각을 곤두세우는 곳이 어딘 줄 아나? 정도도 아니고 마도도 아닌 중간에 있는 문파들일세. 마중천주도 없는 곳을 무너뜨리지 못한 무능한 정도도 싫고, 그런 정도를 공격하지도 못하는 마중천도 싫은 거지."

천잔수는 속내를 감추고 말을 돌렸다. 사실 그대로 말했다가는 적우강이 부담을 느끼고 자신의 제안을 받아들이지 않을 게 뻔하기 때문이다.

"그런 가운데 수라검귀라는 자가 등장했네. 아무런 연줄도 없이 당당히 정도 최고의 후기지수들을 모두 꺾었지. 공식적으로 비공식적으로 모두 말이야. 흐흐흐. 그뿐인가, 마중천의 집마원주 성숙일마에 마면신룡과도 싸웠네. 정도에선 이미 자네는 상징이 된 걸세."

"상징이라니요?"

"정도를 대표하는 후기지수들의 영웅."

천잔수의 확신 가득한 표정에 적우강은 불편한 눈으로 고개를 돌렸다.

"영웅은 무슨. 말도 안 됩니다. 그 일 때문에 안 그래도 머리가 복잡해요. 아까 산 장주께서 말씀하신 것도 마음에 걸리고요."

"뭐? 아! 사람들이 자네를 기다리고 있었다는 얘기? 그건 걱정할 필요 없네. 그들은 자네를 더 이상 괴롭히지 못할 테니까."

"예?"

반문하는 적우강의 모습이 재미있는지 천잔수는 악당처럼 웃었다.

"흐흐흐. 화산파의 태상장문인 화산백로를 어떻게 구워삶았나? 그가 직접 명을 내렸다네. 화산에서 자네와 무슨 일이 있었는지에 대해 묻어두라고."

"아……."

그제야 적우강은 화유성이 조치를 내렸다는 걸 알 수 있었다.

"무당파의 소무백, 소림의 진부동, 화산의 화군악. 이들의 공통점이 뭔지 아는가? 바로 자네에게 졌다는 거지. 그중 소무백과 진부동은 대회가 끝나기도 전에 무당과 소림으로 돌아갔네. 흐흐흐. 진지해진 거지. 자신들만 한 무골이 있을 리 없다고 자신만만해하다가 진짜 무골을 만났으니 당연한 일일 걸세."

두근두근.

적우강의 심장이 묘하게 울렁였다.

당당하게 길을 막아선 소무백이나 다른 후기지수들은 아랑곳하지 않던 진부동, 그리고 기백은 그저 그랬지만 초식의 운용에선 두 사람 못지않던 화군악까지.

몸속에서 잠자고 있던 불길이 제멋대로 몸을 잠식하지 않았다면 어느 한 사람도 이길 수 있는 자들이 아니었다.

그런 세 사람이 적우강을 목표로 하고 있다고 한다.

스무 살의 남자에겐 이보다 더 가슴 뛰게 만드는 일은 없었다. 물론 당백지에게 입술을 도둑맞은 건 빼고.

"제가 무슨 일을 해야 하는데 그렇게까지 거창하게 말씀을 하시는 거죠?"

"흐흐흐. 별것 아니네."

천잔수는 의미심장한 웃음과 함께 적우강의 어깨를 두드려 주곤 먼저 나왔다.

천잔수가 갑자기 적우강에게 접근하게 된 데에는 이유가 있었다. 각 분타주들이 보낸 정보 중 적우강에 관한 내용이 빠진 것은 일 할에 불과했다.

지금까지 이토록 빠른 시일 내에 사람들의 주목을 받은 사람은 전무하다 해도 과언이 아니었다.

적우강은 한 꺼풀 벗을 수 있도록 도와주기만 하면 하늘로 오를 잠룡의 조건을 모두 갖추고 있었다.

'꿈꾸기 좋을 때야. 세상에는 마중천과 정도맹만 있는 것이 아니지. 강호는 우리들의 것도 되거든. 앞으로 재미있겠어. 흐흐흐.'

천잔수의 눈에서 불꽃이 일었다.

적우강을 만나기 전부터 꿈꾸던 계획이었다. 하지만 아무리 엮어보려 해도 잘 엮이지 않던 구슬들이 알아서 꿰어지고 있었다.

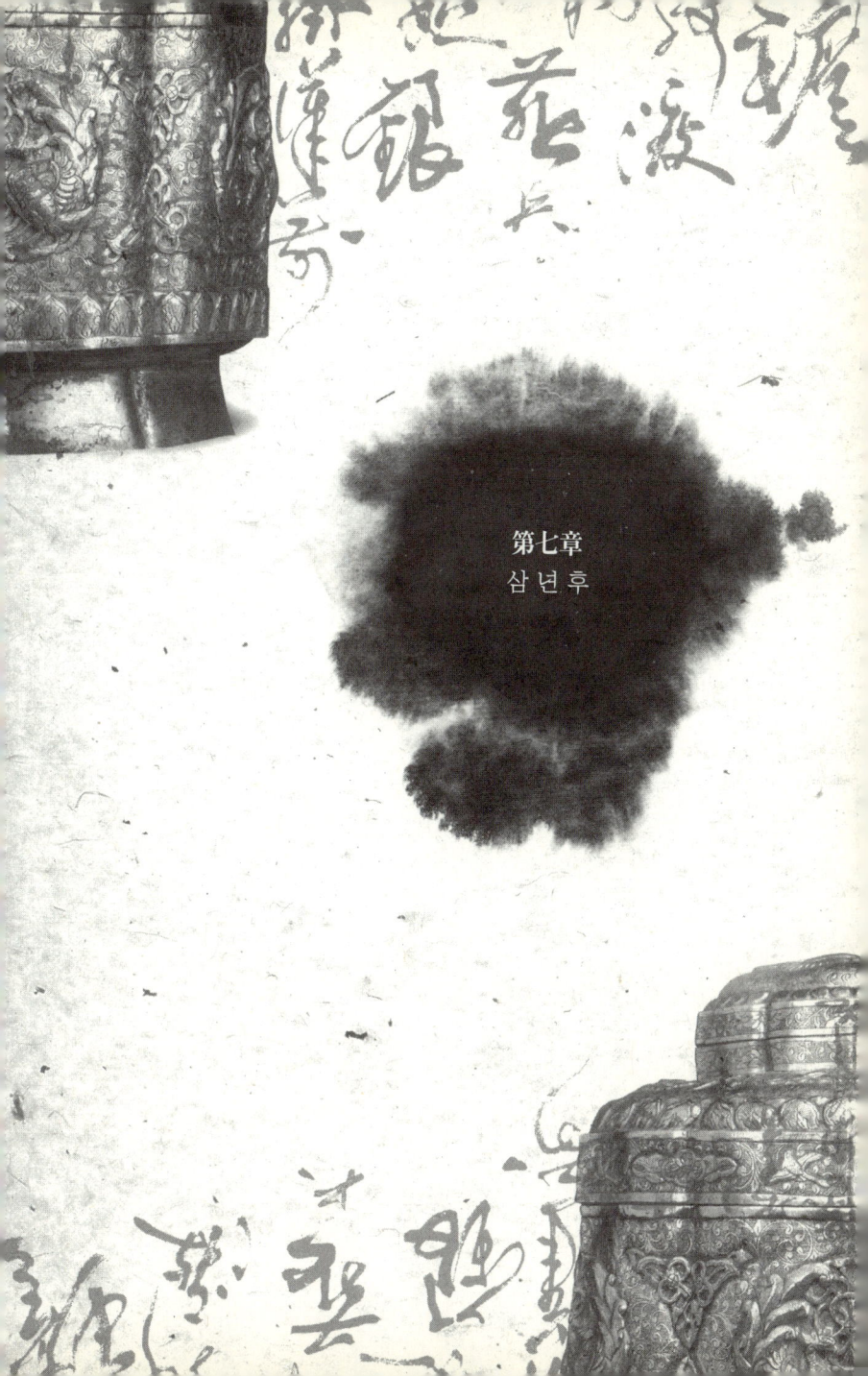

第七章
삼 년 후

겨울이 시작되는지 바람은 쌀쌀하고 하늘은 무척이나 높아 보였다.

탁.

찻잔을 내려놓은 혁련궁 앞에 곤오불이 앉아 있었다.

"지금 하신 말씀은 정확한 건가요?"

"그렇소. 분명히 삼 년 동안 사라졌던 화산군웅대회의 영웅 수라검귀였소."

곤오불은 영웅이란 말을 할 때 빈정거림을 잊지 않았다. 혁련궁은 곤오불의 얘기에는 관심이 없는지 대답 대신 광장 쪽으로 고개를 돌렸다.

수련과 잡담을 나누는 무인들이 광장의 삼분지 일을 채우고 있었다.

　"제가 듣기로는 그때… 삼 년 전 그날 말입니다. 당가환 대협과 당백룡 소협이 주도해서 적 소협을 화산 장군봉으로 불러냈다고 들었습니다. 한데 이상하죠? 적 소협은 도와준 사람도 없는데 멀쩡히 사형들과 화산을 떠난 반면, 장군봉에 모인 구대문파와 오대세가의 무인들은 부상을 당했더군요. 본선 출전 준비를 하던 후기지수들까지 있었는데도 말이죠. 적 소협이 그 정도로 뛰어난 고수였든지 아니면……."

　혁련궁은 곤오불을 돌아보며 말끝을 흐렸다.

　"험! 내가 알기로는 수라검귀는 혼자가 아니었소. 화산을 떠날 때 육양 상인과 검후의 모습을 봤다는 사람이 있소."

　"제가 조사한 바로는 적 소협은 그때 자신의 사문으로 가는 길이었습니다. 그렇지 않다면 여산으로 가서 성숙일마와 싸울 이유가 없었겠지요. 아! 오해는 마십시오. 성숙일마와 싸웠다는 건 제가 존경하는 분께 직접 들은 얘기니까요."

　곤오불은 혁련궁의 말에 목이 마른지 찻잔을 들어 연신 입술을 축였다. 혁련궁이 말한 사람이 누군지 아는 까닭이다.

　"험! 오해는 무슨. 화산백로께서 덮어두라고 하셔서 그렇지 나도 당시에는 크게 화가 났었소."

　'그래서 그토록 빨리 사문으로 돌아가셨군.'

　혁련궁은 화산을 가장 늦게 내려온 사람 중 한 명이었다.

곤오불은 화산백로 화유성이 적우강과 관련된 일에 직접 개입했다는 말이 도는 순간 사문으로 갔다.

"하여튼 이제라도 수라검귀의 행방을 알게 됐으니 다행이 아니오? 후후후."

곤오불이 갑자기 웃음을 터뜨리고는 다시 말을 이었다.

"수라검귀가 삼 년 동안 숨은 데에는 그만한 이유가 있겠으나… 그래도 표국은 너무한 것 아니오? 잘못한 것이 없다면 그렇게 숨어 지냈을 리가 없겠지, 안 그렇소? 풉! 푸하하하!"

곤오불은 말을 마치고 나서 파안대소까지 터뜨렸다.

이곳은 정도맹이었다. 곤오불 혼자서만 알고 있는 정보가 아니었다.

"그 말씀 하시려고 저를 보자셨습니까? 마중천의 움직임이 심상찮은 이 시기에?"

혁련궁은 득의한 표정으로 웃고 있는 곤오불과 더 이상 얘기를 나누고 싶지 않아 툭, 한마디 쏘아붙였다.

"나나 혁련 총순찰에겐 별로 중요한 일은 아니지만 수라검귀로 인해 자존심이 상한 가문은 상당히 신경을 쓰더구려."

"당가! 당가에 말씀을 하신 겁니까?"

"구대문파와 오대세가의 무인들이 모인 곳이 정도맹이오. 나보다 더 잘 아는 총순찰이 그렇게 물으면 어쩌란 말이오? 험, 괜한 시간을 뺏은 모양이구려. 그럼 이만."

아니라고 하지만 곤오불의 말에는 이미 당가에 적우강의

행방을 알려줬음을 암시하고 있었다.

혁련궁은 인상을 쓰며 자리를 떠나는 곤오불의 뒷모습을 바라봤다.

'한심한. 저런 생각을 가진 사람들이 정도맹의 반수를 차지하고 있다는 것이 안타깝다. 마중천과의 싸움보다는 적당히 거리를 두는 쪽이 안전하다고 생각하는 거겠지.'

혁련궁은 자리에서 일어나 광장이 보이는 기둥에 기대어 섰다.

'적 소협이 표국에서 일한다는 건 내게도 충분히 놀랍게 여겨졌다.'

화산군웅대회에 사형과 단둘이서 와 당당하게 '점창파 장문대행'이라고 적은, 자하검을 주겠다는데 사용하는 검이 있다고 거절하는 자존심을 가진 적우강이었다.

'후후후. 표국에서 일하는 점창파의 장문대행? 정도맹뿐만 아니라 그 누구도 적 소협의 지난 삼 년간의 행적을 알지 못했다. 그렇다면 의도적으로 그를 숨겨준 세력이 있다는 건데… 재미있는 친구야. 무엇을 준비하는지는 몰라도 지금과 같은 시기에 적 소협이 정도맹으로 와준다면 큰 힘이 될 것이다.'

강호 정세가 심상치 않게 돌아가고 있었다.

불과 일 년 전만 해도 천하를 먹어치울 것처럼 정도맹을 공격해 오던 마중천이 갑자기 쥐 죽은 듯 조용해졌다.

뭔가를 준비하고 있는 것이 아니라면 가만히 있을 자들이 아니었다. 더구나 아직까지 마중천의 천주 자리는 공석이었다.

'일간 금황표국으로 사람을 보내야겠군. 안 그래도 미 매에게 가볼 때도 됐으니 잘됐다.'

혁련궁은 그동안 정도맹의 일로 혁련세가는 물론이고 하란세가에도 들르질 못했다. 적우강 덕분에 잊고 있던 향수가 발동하고 말았다.

"총순찰님, 탁자에 하란세가의 가주님께서 보내신 서찰을 올려놓았습니다."

혁련궁의 시중을 드는 비녀가 공손히 말하며 문 옆으로 비켜섰다.

"그래? 하긴, 그동안 소홀하긴 했지."

혁련궁은 하란미에게서 온 서찰이라 여기고 웃음을 머금으며 방으로 들어섰다. 연인의 서찰 한 통으로도 이처럼 푸근해질 수 있다는 것이 신기했다. 적어도 집무실 탁자 위에 놓인 서찰을 읽기 전까지는 그랬다.

어제 또래들의 모임에 나간 미가 돌아오지 않고 있네. 아버님께선 알리지 말라고 하셨지만 혹시 몰라 보내네.

하란미의 오빠 하란혁이 보낸 서찰이었다.

혁련궁은 당장 서찰을 가져온 자를 불러들였고, 서찰을 가져온 하란세가의 무장은 묻기도 전에 설명을 시작했다.

"가주께서는 조용히 처리하셨으면 하십니다."

"자네······."

"예, 총순찰님."

"그만 돌아가게."

"함께 가시지 않으십니까?"

무장이 의아한 눈으로 바라보자 탁자에 시선을 고정시켰던 혁련궁이 고개를 들었다.

"흡!"

무장은 자신도 모르게 마른침을 삼켰다.

혁련궁이 뿜어내는 예기로 숨조차 제대로 쉴 수 없었다.

"미 매가 나의 정혼녀란 것을 모르는 자가 있다고 생각하나? 없다. 알고서 납치한 것이다."

혁련궁의 양손이 바들바들 떨렸다.

분노하고 있는 것이다.

*   *   *

"시원찮아, 시원찮아. 요 조그만 곳에서 뭘 할 수 있다고······."

키는 보통 키였으나 유난히 손이 긴 자였다.

손가락이 무릎 아래까지 내려오는 그는 희한한 걸음걸이로 대문을 들어섰다. 앞머리는 짧고 옆머리는 길게 늘어뜨린 모양새가 영락없는 원숭이를 연상케 했다.

그러나 이런 특이한 모양새 때문에 마중천 집마원 소속 조문살객(爪紋殺客) 교인이란 이름을 빠르게 퍼뜨릴 수 있었다.

"무슨 일로 만물촌을 찾아오셨습니까?"

교인의 앞에 유령처럼 그림자가 나타났다.

귀가 크고 동그란 얼굴의 오십대 사내였다.

"무슨 일은. 만물촌에 나 정도 되는 사람이 올 일이 뭐가 있겠어. 일거리 주려고 왔다. 주인 좀 나오라고 해."

교인은 이미 알고 있었다는 듯이 전혀 놀라지 않고 대뜸 반말로 명령을 내리고는 주루 안으로 들어가려 했다.

"일거리는 언제나 환영입니다. 하나 제게 말씀하시지요, 조문살객 교인 대협. 저는 만물촌의 총관입니다."

"호, 나를 알아? 역시 만물촌이군그래. 흐흐흐."

"이럴 시간이 없다는 것도 잘 알고 있지요. 하란세가의 백무장이 직접 나섰으니 이곳을 찾는 건 어렵지 않을 듯하군요."

"배, 백만적이? 그를 막아!"

교인의 표정이 일그러졌다. 눈썹 한쪽이 올라가며 눈동자들이 쉴 새 없이 좌우로 흔들렸다.

"금 열 냥입니다."

"뭐?'

"백 무장을 막으려면 그 정도 비용이 듭니다."

"나는 엄청난 의뢰를 하러 왔다. 일이 틀어지길 바란다면 마음대로 해라."

교인이 거드름을 피우며 말해도 총관의 표정을 전혀 달라지질 않았다. 오히려 열심히 손가락을 튕기며 계산에 열중했다.

"금 백 냥입니다. 그것도 강서 홍국까지. 그 이후로는 값이 추가됩니다."

"내가 뭘 의뢰하러 왔는지 들어나 보고……."

"하란세가에 백 년 동안 잠자고 있던 명광석(明光石)이라면 그 정도 값어치는 있지요."

총관의 한마디에 교인의 눈동자가 떨렸다.

어떤 물건을 의뢰할지 알고 있다면 교인이 직접 만물촌에 온 이유도 알지 몰랐다. 교인은 내심을 들킨 사람처럼 당황한 얼굴이 되고 말았다.

"너, 넌 누구냐?'

"만물촌의 총관이라고 했습니다."

"그런 것 말고, 네 이름!'

"이름은 규칙상 말씀드리기 곤란하군요."

척.

교인은 품에서 금 한 냥을 꺼내 건넸다.

"장유."

"장유? 장… 혹시 두천 장유?"

"그렇게들 부르더군요."

"……!"

총관의 이름이 장유라면 교인이 놀라는 것도 무리가 아니었다.

머리 좋기로 소문이 자자한 정도의 대법선생과 마도의 집법사자 마뇌의 대결을 한 방에 해결해 버린 이름이 장유였기 때문이다.

사천성을 놓고 정도맹과 마중천의 대표로 나선 두 사람이 치열하게 싸움을 벌이고 있을 때, 두 사람 앞으로 바둑판 하나가 보내졌다.

그 바둑판에는 대법선생도, 마뇌도 밤새도록 풀지 못한 묘한 문제가 담겨 있었다.

다음날 아침, 한 사람이 나타났다.

자신의 이름을 장유라 밝힌 사내는 대뜸 바둑판에서 흑돌 하나와 백돌 하나씩을 뺐다.

"뺏으려고 하면 먼저 뺄 줄도 아셔야지요."

그 말을 남기고 장유는 사라졌다.

대법선생과 마뇌는 장유의 한 수를 두고두고 칭찬했다. 결국 두 사람을 설득시켰다고 해서 두천이란 별호를 갖게 된 것이다.

이런 자가 만물촌의 총관이었다.

교인으로서도 무시할 수 없는 이름이 분명했다.

"계약을 하시겠습니까?"

"무, 물론이오!"

교인은 두말없이 고개를 끄덕였다.

그제야 장유는 따라오라는 시늉과 함께 방으로 안내했다. 어느새 교인의 걸음걸이는 바뀌어 있었다. 건방진 걸음에서 평소의 걸음으로 돌아온 것이다.

"이게 뭔가요?"

장유는 웃는 얼굴로 교인이 내민 종이를 가리키며 물었다.

"뭐긴. 보면 모르겠소, 어음 아니오?"

"그게 아니라 만물촌에선 은하전장의 어음만 받는다는 걸 몰랐느냐고 묻는 겁니다."

"내가 그런 것까지 알아야 하오?"

"만물촌에 의뢰를 하려면 어음은 은하전장의 것을, 의뢰품의 이동은 금황표국을 통해서만 가능합니다."

"그런 건 모르겠고. 지금은 이것밖에 없소. 일단 물건을 목적지까지 전해주시오."

"말씀드렸듯이 불가능합니다. 은하전장의 어음으로 바꿔 오던지 아니면……."

장유는 종이를 거두며 교인을 빤히 쳐다봤다.

나가라는 뜻이었다.

교인으로서는 도저히 이해할 수 없었다.

총관이란 자가 금 백 냥짜리 거래를 무시한다?

"시간이 없잖소. 이번만 이걸로 합시다."

"안 됩니다."

"그럼 명광석을 들고 밖으로 나가라는 거요? 하란세가의 백 무장이 있다는데?"

"거래를 하지 않으면 저희와는 무관하지요. 조심히 가십시오. 문 앞에서 만날지도 모르겠네요."

장유는 말을 끝내고 자리에서 일어났다.

"자, 잠깐!"

교인은 만물촌에 대한 소문을 익히 들어 잘 알고 있었다.

정보가 이 정도면 당대 제일의 정보통이라는 하오문에 뒤질 이유가 전혀 없었다.

방법을 찾아야 했다, 방법을.

일단 멈춰 선 장유를 똑바로 쳐다보며 탁자에 뭔가를 내려놓았다.

탁!

"이건 묘안석이오. 금 백 냥 이상의 가치가 있는 물건이란 건 잘 알 거요."

장유는 어느새 교인이 건넨 묘안석을 유심히 살피고 있었다. 이리저리 돌려도 보고 두드려도 보더니 고개를 들었다.

"운남에서만 난다는 묘안석이 맞군요. 금 백 냥의 가치로 인정하겠습니다."

금 이백 냥의 가치는 충분했으나 교인은 더 이상 실랑이를 벌일 생각이 없었다.

"물건이나 전해주시오. 강서성 백운산에 가면 명광석을 기다리는 사람이 나올 거요."

"그가 누굽니까?"

"묵혈마수. 그분께서 직접 받으러 나올 것이오."

"묵혈마수?"

장유가 의아한 표정을 지었다.

처음 듣는 이름이기 때문이다.

그러나 다시 질문을 건네지는 않았다.

"전하도록 하지요. 그럼."

"자, 잠깐! 이대로 가면 백만적은?"

"금 열 냥입니다. 그것도 만물촌 밖까지만 안내하는 조건으로."

"묘안석으로 대신합시다."

"묘안석은 의뢰품을 목적지까지 전해주는 대가로 이미 계약이 끝난 상태입니다."

"더 내라고?"

"만물촌에선 강요하지 않습니다."

"이런 날강도 같은!"

교인의 고함은 거기서 끝이었다.

창문 사이로 낯익은 얼굴이 보였기 때문이다.

탁!

"이것이면 충분할 것이오."

탁자에 내려놓은 보석은 영롱한 빛을 발하는 호박이었다.

만물촌 뒷문으로 나가는 교인을 보며 장유는 묘한 미소를 지었다.

하란세가의 백만적은 교인을 잡기 위해 오지 않았다.

일부러 백만적을 돌려보내지 않고 교인과 마주치게 하자는 한 사람의 의견 덕분에 상당한 수입을 올리게 됐다.

'순발력이 있어. 순간적으로 떠올린 생각을 적용하긴 쉽지 않은데 말이지. 가르친 보람이 있군.'

장유의 시선은 뒤쪽 창문을 향해 있었다.

얼굴의 반이 머리칼로 뒤덮인 주정민이 장유를 향해 가볍게 고개를 숙여 보였다.

교인은 만물촌을 벗어나자마자 신법을 펼쳐 움직이기 시작했다. 긴 팔을 이용해 숲을 가로지르는 교인의 속도는 엄청났다.

"원숭이가 제법인데요?"

"그러게. 우리도 좀 더 속도를 내볼까?"

교인을 뒤따르던 두 사람도 속도를 높였다.

"잠둔을 미행하는 데 사용하다니. 이런 걸 주정민, 그 자식은 모르겠죠?"

"아마도."

구자귀는 피식 웃고는 몸을 날렸다.

나란히 움직이는 가대건의 시선이 구자귀의 발에 닿았다.

'매번 느끼지만 성수궁의 의술은 정말 대단해. 겨우 반년 만에 다시는 걸을 수 없을 것 같던 구 사형의 다리를 치료하다니.'

혼원예에게서 연락이 온 것은 구자귀를 성수궁으로 데려간 지 반년이 지났을 때였다. 적우강은 곧장 성수궁으로 달려갔고 한 달 뒤에 멀쩡한 구자귀와 함께 돌아왔다.

벌써 이 년도 넘은 일이었다.

"구 사형, 장문대행이 구 사형을 데리고 올 때요, 혼원 소저와 무슨 일 있었죠?"

"아니."

"에이, 그러지 말고……."

"이러다 놓치겠다."

구자귀는 앞쪽을 턱으로 가리키며 가대건의 입을 막았다.

빠르게 움직이던 교인의 속도가 줄었다.

가대건은 훌쩍 나무를 건너와 구자귀의 곁에 멈췄다.

"무슨 일이 있기는 있었죠?"

"없다고 몇 번을 말해. 그리고, 그게 왜 그렇게 궁금한데?"

"성수궁에서 돌아온 뒤부터 장문대행이 좀 이상해졌거든요."

"이상해졌다고? 어디가?"

"구 사형은 성수궁에서 돌아온 뒤부터 장문대행과 지냈으니 잘 모를 거예요. 하지만 저나 주정민은 그전의 장문대행을 알고 있잖아요. 뭐랄까… 엉뚱해졌다고나 할까?"

"엉뚱? 나는 전혀 못 느끼겠는데?"

"물론 예전에도 약간 엉뚱한 면이 있긴 했지만 요즘처럼은 아니었어요."

"나는 모르겠다."

"관심 좀 가져요."

"귀 따가워. 나중에 장문대행을 뵙게 되면 그때 직접 물어보면 되잖아."

"그래서 하는 말인데요, 구 사형이 물어봐 주면 안 될까요? 요즘엔 현천일검 수련도 뜸한 것 같고 주먹을 사용하더라고요."

"쉿."

구자귀는 가대건의 말을 끊으며 교인이 있는 쪽을 돌아봤다. 더 얘기를 잇고 싶었지만 가대건도 그에 어쩔 수 없이 고개를 돌려야 했다.

두 사람은 오랜만에 함께 움직였다.

교인이 누구를 만나는지 알려달라는 주정민의 부탁도 있었지만 근 한 달 만에 돌아오는 적우강이 강서성 백운산을 지난다는 말을 듣고 마중하기 위해서였다.

"저 원숭이가 엉뚱한 방향으로 갈까 봐 걱정했더니 그럴 필요는 없게 됐군."

"그러게요. 저럴 거면 지가 가지고 가지 왜 부탁을 했담?"

"이유가 있겠지."

구자귀는 가볍게 대꾸하고는 교인의 행동을 유심히 살폈다. 사람들 많은 곳을 피해 숲으로 움직인 것이며 계속해서 주위를 살피는 모습이 뭔가 있어 보였다.

"비가 오려나……."

가대건은 중얼거리며 하늘을 올려다봤다.

먹구름이 몰려오고 있었다.

*　　　*　　　*

낙엽이 바람에 이리저리 흩날렸다.

오전까지만 해도 좋았던 날씨가 오후 들어 비라도 쏟아질 것처럼 먹구름을 동반했다.

하늘을 보고 살짝 인상을 쓴 청년은 말끔한 옷차림과 어울리지 않게 거무튀튀한 검을 허리춤에 차고 있었다.

천잔수와 약속한 마지막 표물 운반을 마치고 홀로 백운산을 가로지르는 적우강이었다.

지난 삼 년간 적우강이 한 일은 금황표국의 표물 운반을 돕고, 은하전장에서 발행한 어음을 안전하게 전해주고, 그리고 하오문의 정보에 따라 마중천, 정도맹의 인물들과 본의 아니게 싸워야 했다.

정신없이 보낸 삼 년의 세월.

이제 만물촌으로 돌아가 사형들과 함께 점창파로 향하는 일만 남았다.

적우강은 생각만 해도 가슴이 뿌듯해졌기에 유람하듯 천천히 걸음을 옮겼다.

그때였다.

"아아악!"

멀리서 들려온 비명 소리.

적우강은 귀에 신경을 집중시켜 거리를 가늠하고는 곧장 몸을 날렸다.

비명 소리가 났다고 생각했던 곳보다 아래쪽에서 혈향이 코를 찔렀다.

시체가 오십여 구는 될 것 같았다.

비명 소리 외엔 병장기 부딪치는 소리는 듣지도 못했다. 이토록 많은 사람들을 죽이면서 소리조차 내지 않은 것이다.

그는 이내 비명 소리가 들렸던 곳으로 올라갔다.

널찍한 바위 위에 덩그러니 놓인 여인의 시체.

여인은 궁장 차림을 하고 있었다.

얼굴은 창백했으며 하의가 벗겨져 있었다.

적우강의 미간이 모아졌다.

'여인의 피가 하체로 다 빠져나갔다.'

흔적이 말해주고 있었다.

적우강은 여인의 시체로 다가가 옷을 정리해 준 후 뒤로 돌아섰다.

"왜 그랬느냐."

그때 고막을 파고드는 음성이 있었다.

"......!"

적우강은 머리카락이 쭈뼛 서는 것을 느꼈다.

돌아서자 어이없는 광경이 다시 눈에 들어왔다.

몇십 장은 족히 될 거리를 마치 허공을 부유하듯 움직이며 한 인영이 다가오고 있었다.

조금 전에 들었던 목소리의 주인이라고 여기기에는 거리가 너무 멀었다.

백발이 제멋대로 뻗쳐 얼굴을 가리고 있었으나 머리카락 사이로 보이는 광채는 심장을 서늘하게 만들었다.

더욱 놀라운 것은 노인이 외팔이란 사실이었다.

'대단하다.'

적우강이 놀라고 있는 사이 다시 한 번 착 가라앉은 목소리
가 흘러나왔다.

"왜 그랬느냐고 물었다."

두 눈을 통해 빠져나오는 눈빛이 더욱 강해졌다.

적우강은 마른침이 절로 삼켜졌다.

"제가 한 일이 아닙니다."

"왜 그랬느냐."

노인은 여전히 같은 말만 반복했다.

"저는……."

적우강이 난처한 상황을 설명하려는 순간 노인의 신형이
제자리에서 사라지며 손을 뻗어왔다.

쉬악.

빠르다는 설명으론 부족했다.

부드럽게 적우강의 전신을 감싸는 것 같던 느낌이 일제히
모이며 심장을 찔러왔다.

노인의 손을 막기엔 늦었다.

피해야 했다. 아니, 피해야겠다고 생각한 순간 적우강의 신
형은 제자리에서 사라지고 없었다.

바웅―

공간을 울리는 묘한 기음.

노인은 손을 뻗은 채로 가만히 서 있었다.

자신의 손이 허공을 때렸다는 것을 믿기 힘들었던 모양이다.

"저는 이 여인의 죽음과 무관한 사람입니다."

적우강이 나타난 곳은 시체가 누워 있는 곳 바로 옆이었다.

"커헉!"

손을 거둔 노인이 갑자기 피분수를 뿜어댔다.

그리고는 거칠게 기침을 하며 괴로워했다.

노인의 모습에 적우강은 안쓰러워졌다.

여인과 관련이 있는 노인이란 생각이 든 까닭이다.

잠시 후 기침을 멈춘 노인은 적우강을 돌아봤다.

"누가 그랬느냐."

질문은 바뀌었지만 여전히 적우강의 말을 믿지 않는 것 같았다. 다른 점이 있다면 조금 전과는 달리 목소리에 애절한 감정이 담겨 있다는 것이었다.

"저도 비명을 듣고 금방 도착해서 잘 모르겠습니다."

적우강은 노인의 기세에 주눅 들지 않고 당당하게 말했다. 노인은 여전히 살기 어린 눈으로 적우강을 쳐다봤다. 하지만 흔들리지 않는 적우강의 태도에 이내 여자의 시신으로 시선을 옮겼다.

"그사이에 이런 짓을… 하긴 그놈과 한패였다면 이곳에 있을 리 없겠지……."

노인은 억눌린 감정을 목소리에 고스란히 담았다.

'그놈? 이 여인을 죽인 자를 안다는 뜻인가? 그건 그렇고, 이분은 사과라는 걸 모르나?

노인에겐 적우강이 있으나 없으나 마찬가지인 모양이다. 적우강은 고소를 머금었다.

푸스스.

'……?'

기이한 소리에 적우강이 고개를 돌리자 노인이 여인의 얼굴에 손을 대고 있는 것이 보였다.

"무엇을!"

적우강은 깜짝 놀라 소리쳤으나 노인은 이미 여인을 한 줌의 먼지로 만든 후였다.

고개를 든 노인의 눈빛은 암울했다.

"…다 끝났다."

무언가가 노인의 숨통을 꽉 쥐고 놔주지 않는 목소리였다. 여인의 옷을 집어 들고 돌아서는 노인의 가슴에는 물기 몇 방울이 떨어져 있었다.

'눈물을…….'

"대공, 이렇게까지 해야 했소? 내 딸이 무슨 상관이라고. 이제부터 당신과 나는 적이오."

피만 흘리지 않았을 뿐 노인은 눈에서 파란 광망을 흘리며 맹세했다.

노인의 말속에 담긴 의미를 적우강이 알 리는 없었지만 그분한 심정은 어느 정도 알 것도 같았다. 적우강 역시 가족과 같은 사형제를 잃어본 경험이 있기 때문이었다.

'대공? 설마……'

적우강은 고개를 가로저었다.

노인이 대공이라고 했을 때 순간적으로 마마대공을 떠올린 까닭이다. 마중천에 있을 그자가 이곳에 있을 리 없었다.

적우강이 잠시 딴생각을 하는 동안 노인은 여인의 옷을 품에 갈무리하고는 곧장 허공으로 치솟았다.

"천하엔 정말 이름 모를 기인이 많구나."

피를 토한 것으로 미루어 부상을 당한 모양인데 한 줌의 진기로 엄청난 높이까지 날아올랐다.

적우강은 천잔수를 도우며 지난 삼 년간 안 다녀본 곳이 없고 수많은 정보를 알았다고 자부했으나 외팔이노인의 신위를 보고도 정체를 알아낼 수 없었다.

하지만 풍기는 기운으로 보아 외팔이노인이 마도 쪽 고수란 것은 분명히 알 수 있었다.

쩌저적— 우르르— 콰콰쾅—!

먹먹하던 하늘에서 비가 쏟아지기 시작했다.

쏴아아—!

"……."

적우강은 떨어지는 비를 맞으며 서 있다가 조용히 숲으로 걸어갔다. 굳이 비를 피하고 싶다는 생각이 들지 않은 까닭이다.

비는 순식간에 사방을 가득 메우며 시야를 가릴 정도가 되었고 어느 순간 사방은 비안개까지 겹쳐 한 치 앞도 내다볼수 없게 되었다.

느린 걸음으로 일다경은 족히 걸어갔을 때였다.

번— 쩍!

번개가 치며 캄캄하던 주위를 비춰주었다.

'응? 이런 곳에?'

멀리 모옥 한 채가 보였다.

일다경 전만 해도 비나 맞으며 걷자던 생각이 모옥을 발견하곤 일단 피하자는 쪽으로 바뀌었다.

비가 이렇게 억수같이 내릴 줄 몰랐다는 핑계를 대며 발걸음을 서둘렀다.

그러나 막상 모옥 앞까지 갔을 때 적우강의 생각이 다시 바뀌었다. 다 떨어진 처마와 귀곡성이 들릴 것 같은 분위기가머물고 싶은 생각을 싹 가시게 만들었기 때문이다.

적우강이 고개를 가로저으며 돌아서려 할 때였다.

"으으… 으으으……"

"……!"

분명히 모옥 안에서 들린 신음 소리였다.

"계십니까?"

안에서 대답이 없자 적우강은 조심스럽게 방문을 열고 안으로 들어섰다. 통나무를 세로로 자른 침상 위에 한 노인이 보였다. 적우강은 노인에게 다가갔다.

"무슨 일이십니까, 어르신?"

옆으로 누워 있을 때는 몰랐는데 돌려 눕히자 노인의 복부에 어른 주먹 크기만 한 구멍이 눈에 들어왔다.

"마, 마……."

노인은 뭔가를 말하고 싶은 눈빛으로 손을 들어 올리려 했다. 적우강은 왼손으로는 노인의 손을 쥐고, 오른손을 노인의 단전 부위에 댔다.

이 정도 상처를 입었는데 아직도 숨이 붙어 있는 것을 보면 상당한 무공을 지닌 노인이 분명했다. 유언이라도 남길 수 있도록 해주기 위해 적우강은 노인의 진기를 끌어내려는 것이었다.

잠시 후, 적우강의 의도가 성공했는지 노인의 눈동자에 초점이 잡히기 시작했다.

"정신이 드십니까?"

"너, 너는……."

정신이 들자마자 대뜸 하대에 적우강은 살짝 인상을 찌푸리고 말았다.

"비를 피하려다 신음 소리를 듣고 들어왔습니다."

"대… 대공… 께… 이 사실을… 커헉……."

'응? 이분도 대공이란 자를 아는 건가?'

적우강은 묘한 일에 끼어든 것 같아 찜찜해졌다.

"끄륵… 그, 그를… 조, 조심… 끄륵… 노… 노부는… 이런 데서… 죽을… 사람… 아니… 나를… 곡산마의… 데려… 그, 그만이… 나를… 살릴… 끄르륵… 어, 어서…….

"곡산마의가 누굽니까? 아니, 어디에 있는 의원입니까?"

"마… 중… 천… 어, 어서…….

"……!"

적우강의 표정이 굳어졌다.

마중천과 대공.

듣고 싶지 않은 말을 들려준 노인에게 대답을 해줘야 했다. 노인의 단전에 올려놓은 오른손을 떼어내며 노인을 차갑게 내려다봤다.

"마중천에서 나온 거요?"

"마, 맞다! 그러니 어서…….

노인은 적우강이 마중천을 안다는 사실에 너무나 기쁜 나머지 두 눈을 부릅뜨고 마구 고개를 끄덕였다.

그러나 적우강은 노인의 부탁을 가볍게 뿌리쳤다.

"……?"

"당신이 마중천의 인물이란 걸 안 이상 살려줄 필요를 느끼지 못하겠소."

"너, 너… 내가… 끄륵… 사… 살려…….

"내가 누군지 아시오? 점창파의 장문대행이오. 오 년 전 마중천에 의해 장문대행을 잃은 곳이지."

"네, 네가… 그럼… 폭풍… 마룡이… 말하던 그… 수라검
귀?"

'폭풍마룡?'

적우강은 폭풍마룡에 대해 들은 적이 있었다. 마중천에 새
롭게 등장한 강자가 있는데 별호가 폭풍마룡이라고 했다. 하
지만 그를 만난 적은 없었다.

"폭풍마룡이 누군데 나에 대해 말했다는 거지?"

"부, 분명 마, 마기… 폭풍마룡의 말… 사실… 끄르륵… 묵
혈마수… 놈 때문… 끄르륵……."

노인은 무슨 말인가를 하려다 이내 고꾸라지고 말았다. 그
모습에 적우강은 모옥을 나서지 못하고 손을 들어 눈을 감겨
주려 했다.

그 순간, 죽은 줄 알았던 노인의 상체가 벌떡 일어나더니
적우강의 멱살을 잡았다.

"아, 알려다오! 그놈은… 악마… 끄르륵……."

툭.

노인은 결국 말을 끝까지 못하고 죽고 말았다.

적우강은 다시 눈을 감겨주려다 몸을 돌렸다.

그때, 노인의 무기로 보이는 거대한 도가 눈에 들어왔다.

"양쪽에 날개 같은 날이 붙어 있는 기형도… 저자가 그였
군. 비응마도 독고량."

천잔수를 도우며 알게 된 많은 정보 중에는 정도와 마도의 고수들에 대한 것이 많았다. 노인은 비응마도 독고량이라 불리는 마중천의 내관 고수 중 알려진 몇몇 중 한 명이었다.

마중천은 내관과 외관의 차이가 현격했다.

외관에서 아무리 뛰어난 고수라 할지라도 내관에 속한 고수에 비하면 어린아이 수준밖에 되질 않았다. 성숙일마와 같은 고수도 독고량에 비하면, 아니, 비교 자체가 어불성설인 고수인 것이다.

그런 고수가 모옥에 숨어 숨을 헐떡이고 있었다.

'도대체 누가 독고량과 같은 고수의 배를 뚫은 거지? 그리고 어떤 수법으로?'

적우강은 점창파를 재건시킬 모든 준비를 마친 상태였다. 만물촌으로 돌아가 사형들과 함께 점창파로 돌아가기만 하면 되는 이때, 묘한 일에 휘말린 것 같았다.

'이럴 줄 알았으면 검림이나 다녀올 것을.'

검림팔주는 천마검이 없는데도 적우강의 곁에서 삼 년 동안 떨어진 적이 없었다.

지금은 아니지만 언제고 천마검을 갖게 될 것이다. 그렇지 않으면 천마옥이 반응할 리가 없다. 우리는 그때까지 포기하지 않을 것이다. 검림에 가면 모든 것을 알 수 있다.

검림팔주가 삼 년 내내 적우강에게 한 말은 천마검과 천마, 그리고 마교에 관한 얘기가 전부였다.

칠백 년 전 고금제일의 고수가 나타났는데 그의 이름은 천마이고 그의 발아래서 정도인들은 숨도 못 쉬었다고 했다.

'독고량과 같은 고수들이 한둘이 아니란 건가? 이럴 줄 알았으면 마중천에 대해 좀 더 자세히 알아둘 걸 그랬나?'

문득 조금 전에 만났던 외팔이노인의 말이 떠올랐다.

"대공, 이제부터 당신과 나는 적이오."

외팔이노인의 외침과 독고량의 말, 그리고 상황을 잘 조합하면 한 가지 결론이 나온다.

한 사람에 의해 외팔이노인이나 독고량이 놀아났다는 것.

삼 년 동안 마중철에 대한 모든 정보에 귀를 막고 지냈다.

더 이상은 그럴 수 없었다.

모든 해답을 갖고 있는 사람은 외팔이노인이었다.

그가 죽기 전에 찾아야 했다.

결론이 내려지자 적우강은 모옥에서 벗어나 곧장 허공으로 솟구쳐 날아올랐다.

쏴아아—!

폭우는 여전히 미친 듯이 퍼부어댔다.

"후……."

외팔이노인이 사라진 방향으로 한참을 달려왔지만 자취를

찾을 수 없었다.

'이대로는 찾을 수 없다.'

적우강은 멈춰 서서 이대로 돌아가느냐, 아니면 다른 방법을 동원해서 외팔이노인을 찾느냐에 대해 고민해야 했다.

외팔이노인을 찾는 방법은 한 가지뿐이었다.

"부탁이 있습니다."

적우강이 한숨을 내쉬며 허공에 대고 말했다.

"부탁이 있습니다!"

이번엔 좀 더 크게 소리쳤다.

그러자 황당한 일이 일어났다.

바닥에서 여덟 개의 그림자가 불쑥 솟아올랐다.

"이젠 속이는 것도 불가능한 모양입니다."

나타난 그림자들은 검림팔주였다.

"여덟 분이 마음먹고 숨으시면 어떻게 알겠어요. 게다가 제가 떠나라고 한다고 떠나실 분들도 아니고요. 어디로 가야 하나요?"

"길을 잃으셨습니까?"

검일이 모른 척 되묻자, 적우강은 피식 웃으며 장난스럽게 고개를 가로저었다.

"왜들 그러세요, 외팔이노인이 사라진 곳을 묻는다는 걸 다 아시잖아요."

"……."

검림팔주는 대답하지 않고 가만히 적우강을 쳐다봤다. 뭔가를 기다리는 눈들이었다.

"제 부탁을 들어주시면 저 역시 여덟 분의 부탁을 들어드리겠습니다."

"저, 정말이십니까?"

검일이 깜짝 놀라 외치듯이 반문했다.

검일의 놀람에는 이유가 있었다.

여산에서 만난 이후로 함께 검림으로 가자는 부탁을 삼 년 내내 적우강은 거절해 왔다. 그런 적우강이 먼저 부탁을 한 것이다.

"어차피 가보려고 했어요. 삼 년 동안 보이지 않는 곳에서 저를 많이 도와주셨잖아요. 천잔수 대협과 약속한 것이 있어서 일부러 모른 척했던 것뿐이었어요. 그분은 어디로 갔죠?"

번— 쩍!

검일의 입가에 웃음이 번지는 것이 번갯불 덕분에 모두 보였다.

"따라오십시오."

앞장선 검일은 유령처럼 폭우 속을 유유히 움직이기 시작했다.

한참을 뒤따르던 적우강이 갑자기 멈춰 섰다.

검림팔주가 멈춰 선 곳.

자욱한 운무와 비안개가 발아래로 넘실대는 절벽 앞이었

다. 적우강은 의아한 눈으로 단애를 살펴봤다.

아래쪽은 자욱한 운무 때문에 도저히 깊이를 추정할 수가 없었고 건너편 단애는 새가 아닌 이상 건너갈 거리가 아니었다.

"아래로 내려갔나요?"

적우강의 질문에 검일의 고개가 좌우로 흔들렸다.

"제 생각이 맞는다면……."

"설마."

"믿기진 않지만 건너편 단애로 간 것 같습니다."

"……."

적우강은 어이없다는 눈으로 건너편 단애를 쳐다봤다.

대충 가늠해 봐도 족히 오십 장은 넘을 거리였다.

저곳을 건너갔다?

가슴이 싸늘하게 식는 느낌이 들었다.

'범상치 않은 분이란 건 알았지만 오십 장은 족히 될 거리를 신법으로 뛰어넘을 정도의 고수였단 말인가?

적우강의 표정은 점차 굳어졌다.

'강을 건너는 것과는 비교도 할 수 없는 일이다.'

물 위를 걷는 것과 허공을 걷는 것은 비교 자체가 의미없었다.

적우강은 기막히단 표정으로 쳐다보기만 했다.

"이 정도의 거리를 뛰어넘을 수 있는 신법은 오직 한 가지뿐입니다."

"······?"

"마교의 마신비행."

"아!"

또다시 듣게 된 마교라는 말.

묘한 느낌이 신경을 거슬렀다.

마교라는 곳에 대해서는 모르지만 마신비행 외에는 저 거리를 뛰어넘을 신법이 없다는 건 말이 되질 않았다.

"그 신법밖에는 없다고요? 그럼 한 가지가 더 생기겠네요."

"예?"

"제가 저길 뛰어넘겠어요."

적우강은 검일의 당황하는 표정을 무시하고 건너편 단애를 바라봤다. 숨을 크게 들이쉰 후 뒤로 두 걸음 물러섰다.

짧은 거리를 순간적으로 움직이기 위해서는 폭발력이 우선시되어야 하지만 긴 거리를 이동할 때는 막힘없는 진기의 흐름이 중요하다.

결국 두 경우의 차이는 연속성에 있었다.

오십 장.

한 번의 도약으로 닿을 수 있는 거리는 아니었다.

그러나 전혀 가능성없는 거리도 아니었다. 해보지 않았을 뿐이지 현재의 적우강에겐 도전해 볼 가치가 있는 거리였다.

수평보다 약간 아래쪽에 위치한 단애.

'최대한 높이 올라갔다 떨어질 때 호흡을 조절하면 허공에서 부유할 수 있는 시간은 길어진다. 좋아! 저 거리를 한 팔로 뛰어넘은 사람이 있다. 포기한다는 건 내 자존심이 용납하지 않는다. 비운축영으로 최대한 높이 치솟은 후 마지막에⋯ 잠둔을 사용한다!'

적우강이 자신의 몸속의 비밀을 알게 된 것은 구자귀를 데리러 성수궁에 갔을 때였다. 구자귀와 헤어지고 여섯 달이 지났을 무렵이었다.

혼원예로부터 구자귀를 데리러 오라는 연락을 받았다.

그렇게 해서 혼원예의 어머니인 혼원희성을 만나게 됐다. 성수궁주 혼원희성은 외모만으로는 혼원예와 별 차이가 없을 정도로 젊고 아름다운 여인이었다.

적우강을 보는 순간 그녀는 대뜸 검사해 보자며 성수궁의 지하 석실로 데려갈 정도로 강한 호기심을 보였다. 그곳에서 적우강이 한 일이라고는 웃통을 벗고 거대한 얼음 침상에 누웠다 일어난 것뿐이었다.

"딸아이의 말대로 신비한 몸을 지니고 있군요. 현기와 마기를 지닌 신체는 처음 봐요. 마치 음과 양으로 몸을 분리했다고나 할까? 그렇다는 말은 아니니 확신하진 말아요. 유일하게 성공한 음양마군도 겨우 십 년을 유지하지 못하고 자멸했으니까."

다음날 혼원희성이 해준 말이었다.

한눈에 적우강의 몸을 꿰뚫어 본 그녀의 능력은 놀라웠다. 더구나 비교할 사람의 이름까지 알려준 것이다.

그러나 며칠만 머물면 된다던 혼원예는 그날 이후로 찾아오지 않았고 시간이 갈수록 혼원희성 혼자만 오는 경우가 많았다. 이상함을 느꼈으나 혼원예의 어머니란 생각으로 예의를 잃지 않았다.

혼원예가 찾아온 것은 그가 성수궁에 온 지 거의 한 달이 다 되어갈 때였다. 새벽에 찾아온 혼원예는 아무 말 없이 석실 문을 열어주었고, 적우강은 구자귀를 데리고 성수궁을 떠났다.

일 년쯤 지났을 때 혼원예가 적우강을 찾아와 모든 것을 설명해 주었다.

혼원희성이 아무리 조사를 해도 적우강의 신체 비밀을 밝혀낼 수 없자 적우강을 뇌사 상태로 만들려고 했다는 것이다.

적우강은 기함을 했으나 그 모든 걸 솔직하게 말해준 혼원예에게는 조금도 화가 나질 않았다. 오히려 진심으로 감사를 전하며 언제고 신세를 갚겠다는 약속도 했다.

적우강은 혼원희성 덕분에 한 사람을 떠올릴 수 있었다.

음양마군.

적우강과 비슷한 현상을 지니고 있었다는 그의 비급을 구해보고자 한 것이다.

표물 운반과 어음 수송만으로는 그것을 찾는 데 한계를 느낄 때쯤 천잔수가 불쑥 한 권의 낡은 책자를 건넸다.

그것은 음양마군의 음양비급이었다.

하오문의 정보력에 새삼 감탄할 수밖에 없었다.

음양마군은 태생적으로 음과 양의 기운을 동시에 갖고 태어났기 때문에 또래와 어울리지 못하는 외모를 갖게 됐고 불우한 어린 시절을 보내야 했고 한다.

그러다 우연히 마을 의원의 하인으로 들어가게 됐는데 거기서 자신의 몸이 잘못되지 않았다는 확신을 갖게 되었다 한다.

책에는, 인간은 태어나면서 음과 양의 기운을 동시에 갖고 태어나게 되는데 자라면서 음과 양의 기운 중 한 가지와 동화되게 되어 있다고 적혀 있었다.

음양마군은 그 뒤로 자신의 몸을 알기 위해 의술에 평생을 바쳤다.

음과 양은 나누는 것이 아니라 서로 부딪쳐야 공존하게 되어 있다. 나는 내 몸속의 음과 양을 끊임없이 부딪치게 할 수 있는 내공심법을 만들고 나서야…(중략)……

적우강은 음양마군의 심득을 통해 자신의 몸 안에서 일어나는 변화를 깨달을 수 있었다.

그 변화를 이해한 결과를 지금 몸에 적용시키려 하는 것이다.

　검림팔주를 향해 씨익, 웃어 보인 후 이내 기합을 토해냈다.

　"차앗!"

　현천진기를 흩뜨리며 마기를 개방시켰다.

　현천진기는 미리 사지(四肢) 끝으로 보내서 마기를 기다리고 있었다. 음양마군의 음양비급을 보고 연구한 결과 중 하나였다.

　현천진기와 마기가 충돌을 일으키면서 발생하는 폭발은 엄청났다.

　마중천의 집마원주와 비슷한 수준의 고수를 이 방법을 적용시켜 한 방에 날려 버린 일이 있어서 잘 알고 있었다.

　쾅!

　머릿속에서 울린 폭발음이었다.

　츠르르릇.

　적우강은 폭발된 힘을 일제히 발끝에 모았다.

　쩌―긍!

　적우강의 발밑에 거북이 등과 같은 균열이 일어났다.

　"헛!"

　검일의 놀람이 터졌을 때는 이미 적우강의 신형이 허공 위쪽을 향해 엄청난 속도로 날아오른 후였다.

"저, 저런 신법이!"

검일은 망연자실한 표정으로 지켜볼 뿐이었다.

오십 장이란 거리는 삼 년 내 처음으로 적우강을 쫓지 못하게 만들었다.

적우강의 모습은 폭우 속에서 점으로 화했다.

"대형, 떨어집니다!"

검이가 급히 소리쳤다.

점으로 화했던 적우강의 신형이 떨어지고 있었다.

"헛! 허공에서 저런 빠름이!"

적우강이 의도한 마지막 한 수인 잠둔이었다.

그러나 검림팔주의 놀람은 이내 경악으로 변했다.

"떨어진다! 대형, 적 소협이 떨어지고 있습니다!"

"나도 보고 있다. 다들 내려가자."

검일이 단애 아래로 막 떨어지려 할 때였다.

"대형, 적 소협은 떨어지지 않았습니다."

검칠이 떨리는 목소리로 어딘가를 가리켰다.

第八章

혈염도 낭백

탁.

단애 끝에 손을 올린 적우강은 자신의 몸을 끌어 올렸다.

"죽는 줄 알았네… 하아, 하아……."

단애의 아래쪽으로 이어진 벽에 자하검을 간신히 박아 넣을 수 있었다.

쏴아아―!

고스란히 떨어지는 비를 맞으며 몸을 대 자로 뉘었다.

전신을 때리는 빗줄기가 지금처럼 상쾌하게 느껴진 적이 없었다.

"성공이다. 하하하."

적우강에게 이것은 대단한 사건이었다. 단순히 절벽과 절벽을 뛰어넘었다는 것 이상의 의미를 가지는 것이다.

"아!"

잠시 웃고만 있던 적우강이 재빨리 일어나 폭우 속을 다시 달리기 시작했다. 외팔이노인을 찾으려면 서둘러야 했다. 독고량처럼 죽기라도 하면 목숨 걸고 건너온 이유가 없었다.

폭우는 여전했으나 자연스럽게 일어난 기운으로 옷이 순식간에 말랐고 더 이상 비도 몸에 닿지 못했다.

*　　　*　　　*

"피해!"

구자귀는 재빨리 가대건을 밀쳐 내며 몸을 피했다.

꾸— 웅—

두 사람이 몸을 숨긴 나무가 부러지며 땅과 충돌을 일으켰다.

"쥐새끼들이 숨어 있었군. 뭘 엿보고 있었던 거냐?"

혈포를 걸치고 거대한 덩치를 자랑하듯 움직이는 자가 구자귀와 가대건을 보고 있었다.

구자귀가 주위를 둘러보자 그의 등 뒤에서 십여 명의 혈포인들이 쫙 퍼지며 에워쌌다.

교인은 사라진 후였다.

"가 사제, 놓쳤다."

"나도 봤다구요. 우리가 그놈을 미행한 게 아니고 그놈이 우리를 유인했나 봐요. 이 거구가 기다렸다는 듯이 나타난 걸 보니 알겠네요."

가대건의 입에서 맥 빠진 목소리가 흘러나왔다.

"마중천인가?"

"심부름이나 하는 네깟 것들이 들으면 뭘 알겠느냐만, 죽기 전에 특별히 말해주마. 이 몸이 바로 내관 소속 묵혈마수님의 오른팔인 대웅쌍부 막패다."

"묵혈마수? 가 사제, 들어본 적 있어?"

"음… 음… 없어요. 하지만 저놈을 이름처럼 해주는 방법은 백 가지도 넘게 알고 있지요. 흐흐흐."

가대건이 나름 위협적인 소리를 낸다고 했지만 막패는 콧방귀도 안 뀌었다.

"이 몸은 패왕귀갑을 연마하신 몸이다. 너희들의 무기는 내게 장난감에 불과하지."

해골이 새겨진 도끼를 양손에 들고 재수없는 웃음을 짓는 막패의 모습에 구자귀와 가대건이 서로를 바라보며 고개를 저었다.

"구 사형, 저 덩치가 지금 뭐라는 거예요?"

"죽여달라잖아."

"헤헤. 그 뜻이었어요? 그럼 그렇다고 말을 하지."

가대건이 갑자기 신이 나서 막패에게 손짓을 했다.

"가 사제, 조심해라. 내관 소속이면 만만찮아."

구자귀의 목소리가 진지해졌다.

"어? 조심하기만 해요? 죽여 버리면 안 되고?"

"농담할 때가 아니야."

"농담이라니요. 백갑을 찼다고요."

가대건은 양팔을 겹쳐 '탁탁' 소리를 내보이고는 우쭐해진 표정을 지었다.

"섣불리……."

"구 사형, 먼저 갑니다."

구자귀가 말리기도 전에 가대건은 냅다 검기를 횡으로 날리고는 뒤로 빠졌다.

우물 형태의 검기가 그물처럼 날아가 막패를 덮쳤다.

막패는 가대건의 공격을 뻔히 보면서 웃기만 할 뿐 움직일 생각을 하지 않았다. 얼마든지 찔러보라는 투였다.

쾅!

"어?"

당혹스런 목소리가 가대건의 입에서 튀어나왔다.

막패의 몸에 닿은 검이 엄청난 반탄력에 의해 뒤로 튕겨진 까닭이다.

"내 검을 튕……."

"앞 좀 보면서 싸워라. 비켜!"

구자귀가 가대건의 말을 끊으며 뒷덜미를 잡아 옆쪽으로
내던졌다.

"이럴 줄 알았으면 나도 묵투를 끼는 건데. 할 수 없다. 가
사제, 그걸 써야겠다."

"예?"

"일전에 남천마군을 상대할 때 사용했던 수법."

"어? 벌써요?"

가대건은 구자귀가 무슨 말을 하는지 알아듣고는 못마땅
한 표정을 지었다. 하지만 구자귀의 표정이 사뭇 진지한 것을
보고는 어쩔 수 없이 고개를 끄덕였다.

"숨겨놓은 한 수가 있었구나. 어디 볼까?"

"핫!"

막패의 말이 끝나기도 전에 구자귀와 가대건이 동시에 허
공으로 뛰어오르자 조용히 있던 막패의 부하들이 움직였다.

그러나 그것도 잠시였다.

"저, 저것들이!"

막패가 구자귀와 가대건을 가리키며 크게 소리쳤다.

두 사람이 공격하는 것처럼 하더니 도망치고 없었다.

쉬이잉!

거칠게 바람이 불고 있었다.

청의를 휘날리며 수려한 용모를 지닌 청년이 아래쪽을 바

라보고 있었다. 마중천의 사대대공 중 마마대공의 친동생인
곽일비였다.

"그러기에 진즉 내 말을 들었으면 딸을 잃지 않았지. 쯧쯧
쯧. 혈염도 낭백, 형이 천주가 되면 서로 좋았을 것을. 뭐, 나
야 상관없지만. 애지중지 키운 딸이라 그런지 피 맛이 좋더
군. 너도 곧 보내주마."

혀로 입술을 적시는 곽일비의 목소리는 눈빛만큼이나 싸
늘했다.

"삼십 년 전에 마중천을 배신한 혈염도 낭백을 죽이면 공
을 하나 더 세우는 건가? 큭! 형, 이 동생의 공을 잊지 말아줘.
형이 차기 천주가 되는 데에는 전혀 지장이 없게 됐으니 다음
은 내 일을 좀 해볼까? 혁련궁을 비롯해 백운산으로 모여드는
모든 정도인들은 단 한 명도 살아서 내려가지 못한다."

곽일비의 눈에서 살기가 번뜩였다 사라지는 순간 뒤쪽에
서 희미한 기척이 났다.

"끝났소."

지저(地底)에서 흘러나온 악령의 목소리라고 해도 의심하
지 않을 기괴한 음성이었다.

"마검 탑하륵의 목소리는 언제 들어도 섬뜩하구려."

곽일비가 돌아섰으나 탑하륵의 모습은 어디에도 없었다.

"독고량은 죽었소."

"독고량만? 한 명이 더 있지 않았소?"

"당신은 독고량을 죽여달라고 부탁했고 나는 독고량을 죽였소."

탑하륵은 여전히 목소리만으로 대답했다.

"탑하륵, 낭백이 살아 있으면 당신이 독고량을 죽였다는 소문이 천에 쫙 퍼지게 될 것이오. 그렇게 되면 천에서 당신을 죽이기 위해 내관의 초고수들을 투입할 것이오."

어둠 속에서는 아무런 대답도 들려오지 않았다.

곽일비는 한쪽 입꼬리를 올리며 말을 이었다.

"하하하! 그런 것 따윈 상관없다? 역시 탑하륵이오. 형님께서 약속한 물건이 곧 도착하오. 형님의 귀에 오늘 일이 들어가기 전에 낭백이 사라지면 좋을 것 같소만."

마마대공을 향한 탑하륵의 충성심을 알기에 일부러 자극한 것이다.

스스슷.

탑하륵이 사라지며 주위에 혈향을 머금은 바람이 곽일비의 콧속을 자극했다.

'경고인가? 하나 그것은 네 생각이고. 너는 앞으로 내 말을 들을 수밖에 없을 것이다. 내가 그렇게 만들 테니까.'

혈향을 풍긴 것은 탑하륵 나름의 경고였다. 마마대공의 명령만 아니었으면 죽여 버렸을 것이란.

탑하륵은 곽일비가 움직일 수 있는 자가 아니었다.

마중천의 구성은 아주 간단했다.

가장 강한 고수가 마중천의 모든 것을 지배한다!

그 때문에 십삼 년이 지난 지금까지 마중천주의 자리가 비어 있는지도 몰랐다.

마중천의 천마대전에는 서열에 따라 앉는 자리가 정해져 있었다. 십대장로, 천주의 후계자로 내정된 사대대공, 그리고 장로들의 제자들.

천마대전에 들 수 있는 자격을 가진 사람들이었다.

그들을 제외한 사람들은 내관에 속하게 되는데 탑하륵은 내관 소속 고수들 중에서도 상위에 올라 있는 자였다. 마마대공의 신임을 받고 있는 만큼 강해질 수밖에 없었겠지만.

"탑하륵, 네가 구하는 돌이 어떤 건지 내가 모를 줄 아느냐? 마검의 힘을 두 배 이상 강하게 해주는 역할을 한다지? 강해져라, 지금보다 더 강해져서 내 대신 한 놈만 죽여다오. 폭풍마룡 형우! 감히 나를 정도의 끄나풀로 몰아? 혁련궁을 죽여도 그렇게 말할 수 있나 보자."

곽일비는 형우를 떠올리자 절로 이가 갈렸다.

형우는 마중천에 오자마자 천마대전의 출입이 가능해졌다. 전대 십대장로의 제자라면 당연한 일이었으나 형우를 몰랐던 곽일비에겐 충격이었다.

그러던 어느 날, 형우가 대뜸 찾아와 수라검귀라는 자를 아느냐고 물었다. 그때 그는 강호의 일보다는 무공을 높이는 데에만 열중하던 시기라 촌각도 주저없이 모른다고 대답했다.

그러자 형우가 묘한 눈으로 곽일비를 보며 한마디 건넸다.

"이상하군, 네가 점창파를 멸문시키는 데 지대한 공을 세웠다고 하던데? 정말 점창파 장문대행 수라검귀를 모르느냐? 이름이 적… 뭐라고 하던데."

재수없는 적씨 성을 가진 자는 점창파가 생긴 이래 한 놈밖에 없었다. 곽일비는 속으로 갈등이 됐으나 겉으로는 내색하지 않았다.

"혹시나 해서 말해두는데 점창파에선 끄나풀 짓이 가능했는지 모르지만 여기선 안 된다. 흔적만 보여도 내 폭풍극에 의해 쪼개질 테니까. 크크큭."

끄나풀 짓.

형우의 한마디로 마중천에서 곽일비를 어떤 눈으로 보는지 알게 됐다. 마마대공의 그늘에 숨어 있느라 다른 시선들을 의식하지 못한 것이다.

독고량을 이곳으로 부른 것도 형우 때문이었다.

형우가 유일하게 편하게 대하는 자가 독고량이란 것을 알았기 때문이다.

"곧 천인혈을 이루게 된다. 그때는 묵혈음수가 아니라 묵혈마수가 된다. 탑하륵, 네가 아무리 그 돌을 얻는다고 해도 그때는 내 십초지적도 못 된다."

곽일비가 마중천을 나온 이유도 여기에 있었다.

처녀의 깨끗한 피를 취하면 몇 배의 효과가 있다는 것을 알기에.

타원형의 손바닥만 한 돌.

지금 그 돌을 갖고 오고 있었다.

곽일비의 먹잇감인 혁련궁까지 끌고서.

낭백을 죽이러 갔다가 딸과 함께 있는 모습을 보고 곽일비는 돌아섰다. 하지만 마중천의 배신자 낭백을 발견한 독고량이 참지 못하고 먼저 달려들었다. 물론 곽일비는 그 기회를 놓치지 않았다.

낭백과 독고량의 싸움은 팽팽했다. 그 덕분에 곽일비는 낭백의 딸 피를 모두 흡수했고 탑하륵을 시켜 독고량부터 죽이게 했다.

"자, 이제 잘 있는지 보러 가볼까? 정도맹 총순찰의 정혼자라서 그런지 참기 힘들군. 크크큭."

곽일비는 몸을 돌려 하란미를 숨겨놓은 동굴로 천천히 걸어갔다.

이곳은 백운산 정상의 한 봉우리였다.

*　　　*　　　*

적우강은 단애를 내려가다 시체 한 구를 발견하고 급히 멈춰 섰다.

시체는 허리가 반듯하게 잘려져 있었다.

단 일격에 당한 것이다.

'기운이 아직도 느껴지는… 이 기운 외팔이노인이 풍기던 그 기운과 흡사한데?'

적우강은 시체를 자세히 살폈다.

흑포를 입고 얼굴은 검은 편이었으며 음푹 꺼진 눈은 해골을 연상케 했다.

시체가 더 있는지 살펴보려 할 때였다.

두웅—

"응?"

주위에는 아무도 없는데 묘한 공명음이 들렸다. 이런 소리를 낼 수 있는 곳은 땅속밖에 없었다.

적우강은 재빨리 땅에다 귀를 댔다.

눈을 감고 폭우 소리와 구별되는 소리를 찾아갔다.

적우강이 서 있는 곳에서 백여 장은 족히 떨어진 곳으로 추정된다.

누군가가 싸우고 있었다.

쉭.

적우강의 신형이 일직선으로 미끄러졌다.

눈으로는 쉴 새 없이 주위를 살피며 소리가 다시 나는지 귀에 신경을 곤두세웠다.

핏.

'......!'

신경을 건드리는 미약한 소음이 동시에 세 곳에서 날아왔다. 적우강은 잠둔을 펼쳐 어렵지 않게 몸을 옆으로 피하고 나타난 세 사람을 쳐다봤다.

셋 모두 양손에 륜을 쥐고 있었다.

시체와 똑같은 모습들.

그들의 몸에서 살기가 점점 짙어졌다.

"애송이, 너는 누구냐?"

셋 중 중앙에 선 자가 물었다.

"이 안으로 들어가고자 하는 사람이오."

적우강은 손가락을 들어 땅을 가리키며 대답했다.

"거긴 들어가지 못한다."

"저 안에서 외팔이노인과 싸우는 자의 부하들인가?"

"외팔이노인? 너는 그가 누군지 모르고 따라온 것이냐?"

중앙에 선 자가 어이없다는 듯 물었다.

이들은 외팔이노인에 대해 잘 알고 있는 것 같았다.

"나는 그분을 뵈러 왔을 뿐이오. 당신들과 싸우러 온 게 아니니 보내주시오."

"너는 아무도 만날 수 없다."

"그래도 만나야겠소."

적우강은 막아선 세 사람을 슥 훑어보고는 고개를 가로저었다.

츠르르릇—

적우강의 대답에 세 사람은 적우강을 에워싸며 삼엄한 경기를 마구 뿌려대기 시작했다. 그러다 중앙에 있는 자의 눈짓에 따라 누가 먼저랄 것도 없이 동시에 공격을 가해왔다.

여섯 개의 륜은 살아 있는 뱀이라고 해도 믿어질 만큼 교활하고 빠르게 적우강의 전신사혈을 노리고 날아왔다.

"그 정도로는 안 되지."

적우강은 날아오는 륜을 향해 가볍게 오른손을 들어 올렸다.

쾅!

적우강의 손에 부딪친 륜들은 일제히 튕겨지며 주인들의 손으로 돌아갔다.

세 사람은 깜짝 놀라 다급히 신형을 물리며 뒤쪽으로 내려섰다. 하지만 재차 덤벼들진 못하고 주춤거렸다. 그들의 륜이 적우강의 손에 닿기도 전에 튕겨진 것을 본 까닭이다.

"그만 하고 나를 저 안으로 들여보내 주는 건 어떻소?"

적우강은 손으로 땅속을 가리켰다.

그러나 세 사람은 실력이 안 된다는 것을 알면서도 물러서지 않았다.

"그럼 어쩔 수 없고."

적우강의 눈빛이 달라졌다.

쉭!

"조심……."

셋 중 한 명이 부리나케 소리쳤으나 적우강의 신형은 그의 말보다 훨씬 빨랐다.

"하나."

꽈득.

적우강이 두 눈을 동그랗게 뜬 두 번째 사내의 얼굴에 주먹을 박아 넣는 소리였다.

두 사람이 소리를 확인하기 위해 고개를 돌리려 했을 때는 이미 두 번째 사내의 코뼈가 내려앉고 마지막 한 명의 안면에 그림자가 드리운 후였다.

꽈드득.

적우강의 오른손 주먹을 한 대씩 맞은 세 사람은 신음 소리도 못 내고 뻗어버렸다.

땅속으로 들어가는 길은 금방 찾을 수 있었다.

평지처럼 보인 곳 뒤쪽으로 동굴이 있었던 것이다.

"이런 곳이… 쓸데없이 시간만 끌었네."

적우강은 주저없이 입 벌린 동굴 안으로 몸을 밀어 넣었다.

동굴 안은 그리 길지 않았다.

안쪽에 비해 상대적으로 좁은 입구 때문에 소리가 밖으로 새어 나오지 않은 것 같았다.

벽면은 거칠었고 길은 높낮이가 일정하지 않았다.

길을 따라 백여 걸음 걸었을까?

적우강은 동굴 안쪽에서 확, 풍겨 나오는 열기로 인해 급히 벽 뒤로 몸을 숨겼다. 고개를 살짝 빼고 안을 살피니 안쪽에 두 사람의 옷이 펄럭이는 걸 볼 수 있었다.

조금 전에 열기로 느꼈던 것은 두 고수의 기파였다.

외팔이노인과 사십대쯤 되어 보이는 중년인이 서로를 노려보며 서 있었다.

"미려를 누가 죽였느냐?"

"알면? 마중천을 배신한 자가 복수라도 하려는 게냐? 혈염도 낭백, 네게 무공을 전해준 분이 누군지 잊은 모양이구나."

"지난 삼십 년 동안 나는 혈염도를 사용하지 않았다. 또한 마중천을 배신하지도 않았다. 단지 떠났을 뿐."

"잘도 둘러대는구나."

중년인의 입에서 억양 없는 가는 음성이 흘러나왔다.

반들거리는 구리빛 피부와 굵은 입술과는 전혀 대조적인 조악한 목소리였다.

"누가 명령을 내렸느냐."

외팔이노인은 최대한 분노를 억누르고 있었다.

"곧 천주가 되실 분의 명이다."

중년인은 대답을 하고는 고른 치아를 드러내며 웃었다.

"너를 죽이면 또 누군가가 기어나오겠지. 다 죽여주마. 내 딸을 죽인 대가가 어떤 건지 네놈들에게 똑똑히 보여주마. 그럼 대공이 직접 나오겠지."

"대공? 넘겨짚기는."

"갈!"

쩌드드등—!

외팔이노인의 외침에 동굴이 무너질 듯 요동쳤다.

그러나 중년인의 표정에는 변화가 없었다. 마치 외팔이노인을 상대할 자신이 있는 것처럼 보였다.

"미려와 관계된 모든 놈들을 찢어 죽일 테다."

"오! 다쳤다는 걸 아는데 허세는. 그럴 시간이 있었으면 딸이나 구하지 그랬느냐, 응? 허세 부리느라 막지 못한 걸 내게 와서 풀면 안 되지. 킥."

마지막 비웃음이 낭백의 심장을 갈가리 찢어놓았다.

"이놈!"

낭백의 입에서 사자후가 터지자 중년인은 재빨리 양손으로 연꽃 모양을 만들더니 쑥, 손을 내밀었다.

쾅!

낭백의 상체가 약간 흔들렸다.

소리를 통해 진기를 쏘아낸 공격을 중년인이 너무도 쉽게 되돌려보냈기 때문이다.

"유가신공(瑜珈神功)이군."

"회회신력(回回神力)이라 한다. 당신이 천에 몸담고 있을 때는 없던 무공이지."

낭백의 눈빛이 착 가라앉았다.

펄렁.

낭백의 빈 소매가 부풀어 올랐다.

중년인은 조금 전과 같은 손 모양을 했다.

"홍염제천(紅焰祭天)인가?"

"눈은 있구나. 그렇다면 홍염제천이 펼쳐지면 네 몸이 어떻게 찢어질지도 알겠구나."

낭백의 혈염도는 일종의 환류무공이었다.

환류무공은 강기무공의 전 단계로 모든 진기가 원형을 이루게 되는데 검을 사용하는 무인이 검환을 만들 듯 도환을 만드는 것이다.

츠르릇.

"환(煥)? 홍염제천으로 환을 만들어? 이런 괴물!"

중년인은 갑자기 발악적으로 소리를 질렀다.

그 모습에 뒤쪽에서 지켜보던 적우강의 눈빛에 이채가 감돌았다. 낭백의 무공도 그렇지만 중년인이 어떻게 막아낼지가 궁금했기 때문이다.

파츳.

낭백의 소매에서 모습을 보였던 연분홍빛이 갑자기 소매

를 빠져나와 혼자서 움직이기 시작했다.

"돌아가라!"

중년인의 입에서 나직한 호통이 떨어졌다.

양손을 불쑥 내밀며 외치는 그의 모습은 마치 지옥에서 튀어나온 잡귀에게 명령을 내리는 것처럼 엄숙했다.

쾅!

드드드등―

두 사람의 충돌로 동굴 벽이 무너져 내릴 것처럼 요동쳤다. 하지만 그 정도의 진동은 서로에게 집중하고 있는 두 사람에겐 중요하지 않았다.

"혈염도를 이초식까지 쓰게 될 줄은 몰랐군. 혈백열염(血魄熱炎)이다."

낭백이 사방을 휘젓는 빛을 향해 둥그런 원을 그리자 '찌이익' 하는 소리와 함께 낭백의 빈 소매에서 나온 빛이 두 사람 주위에 둥근 원의 형상을 만들었다.

화르륵.

둥근 원을 그린 선에서 갑자기 파란 화염이 솟아올랐다.

"너는 이제 죽는다. 다시 한 번 묻겠다. 누가 미려를 죽였느냐?"

"내 대답은 똑같다. 곧 천주가 되실 분이 명령을 내리셨다."

"누구냐!"

낭백의 외침이 다시 터졌으나 중년인은 눈 하나 깜빡하지 않고 고개를 가로저었다.

낭백은 더 이상 망설이지 않고 불타고 있는 화염 중 하나를 꺾었다.

"혈백열염. 대단하군."

중년인의 진정 감탄한 목소리가 흘러나왔다.

화염처럼 보이는 것은 낭백의 진기였다. 그것을 잘라 사용할 정도의 내공을 지녔다는 것만으로도 낭백의 무위를 짐작할 수 있는 것이다.

쉭!

낭백의 손을 떠난 화염도가 중년인의 몸을 꿰뚫는 순간, 중년인의 몸이 고무줄처럼 늘어나며 화염도의 공격을 피했다. 그리고는 화염도의 옆면을 양손으로 때리고는 옆으로 물러섰다.

"한 개는 막을 수 있는 모양이지? 그렇다면 이번엔 두 개다."

"⋯⋯!"

중년인이 놀랄 틈도 없이 낭백의 화염도 두 개가 날아갔다.

쾅! 쾅!

기세만으로는 중년인이 벌써 죽었어도 이상할 것 하나도 없지만, 중년인은 몸을 자유자재로 늘이며 교묘하게 피해냈다.

'저자는 낭 대협의 공격을 읽고 있다. 미리 준비를 하고 온 자다.'

적우강은 중년인의 눈빛에서 낭백의 틈을 찾고 있다는 것을 알 수 있었다.

낭백이 다시 화염 하나를 꺾으려 할 때였다. 중년인의 눈빛이 한순간 바뀌더니 눈을 통해 붉은 빛을 쏘아내 낭백의 전신 삼십육혈을 제압해 갔다.

쾅!

낭백은 꺾은 화염을 쭉 늘여 방패처럼 만들어 중년인의 공격을 막아냈다.

공격이 끝난 후 낭백은 움직이지 않았고 중년인 역시 움직이지 않았다.

잠시 정적이 흘렀다.

'이자가 아니다. 독고량의 몸에 난 상처는 무기로 인한 것이었어. 누군가가 더 있다. 저자보다 강한 자가⋯⋯.'

싸움을 지켜보던 적우강은 자신도 모르게 주위를 둘러보았다. 그때, 혈백열염의 이글거리는 빛에 언뜻 그림자가 비쳤다.

'뭐지?'

그림자는 적우강의 눈을 피할 수 없었다.

싸움에 집중하고 있는 두 사람이 모르는 사이 벽면이 검게 물들고 있었다. 그 사이로 불쑥 무언가가 튀어나왔다.

팍!

혈백열염을 깨뜨리고 검은빛이 들어갔다.

낭백은 그때까지도 검은빛의 공격을 눈치 채지 못하고 있었다.

적우강의 신형이 움직인 것은 그때였다.

혈백열염의 경계를 뚫고 나온 검은빛이 막 낭백의 등을 꿰뚫으려 하는 순간, 적우강은 오른손으로 혈백열염을 누르며 왼손으로는 차하검을 들어 검은빛을 찔러갔다.

쾅!

거친 폭음이 터지고서야 낭백과 중년인이 동시에 반응을 보였다.

"제길! 애송이가 방해를!"

중년인의 눈에 오른손을 땅에 대고 왼손으로 검집째 뻗고 있는 적우강의 모습이 들어왔다.

"괜찮으세요?"

"너는……."

낭백은 한눈에 적우강을 알아봤다.

딸의 시체 앞에 있던 청년이었다.

그러나 낭백의 시선은 적우강의 손에서 떨어질 줄 몰랐다. 혈백열염의 지배 공간을 아무렇지도 않게 맨손으로 뚫고 들어와 있는 것이다.

"또 뵙네요."

적우강은 낭백의 시선을 의식하며 머쓱하게 웃었다.

낭백의 안색은 무척 창백해져 있었다.

'응? 그 그림자가 사라졌다!'

적우강은 낭백과 대화를 나누면서도 그림자를 주시하고 있었다. 하지만 순식간에 그림자는 사라지고 벽도 멀쩡했다.

대신 적우강이 들어온 곳으로 중년인과 같은 복장의 두 명이 모습을 드러냈다. 각각 검과 도를 들고 있었다.

"으음……."

낭백이 갑자기 숨을 거칠게 몰아쉬며 빈 소매를 움켜쥐었다.

"낭 대협, 괜찮으세요?"

"한 번에 너무 많은 진기를 소모해서 그럴 뿐… 윽!"

낭백은 아무렇지도 않다는 듯 부축하려는 적우강을 밀쳐 내려다 이를 악물었다. 하지만 힘을 주고 있던 손이 풀리며 왼쪽 빈 소매에서 피가 흘러내렸다.

"아까……."

"그만. 시답잖은 소린 하지 마라. 내가 괜찮다면 괜찮은 거다. 조금만 쉬면……."

적우강은 낭백의 말을 끝까지 들어주고 싶었으나 모인 세 사람이 다가오고 있었다.

"글쎄요. 저들은 그럴 시간을 주지 않을 것 같은데요? 잠시 쉬고 계세요. 제가 막아볼게요."

다가오는 자들을 바라보는 적우강의 눈빛이 가라앉았다. 마중천의 인물들. 마중천에 속해 있다는 것만으로 용서받지 못할 자격은 충분했다.

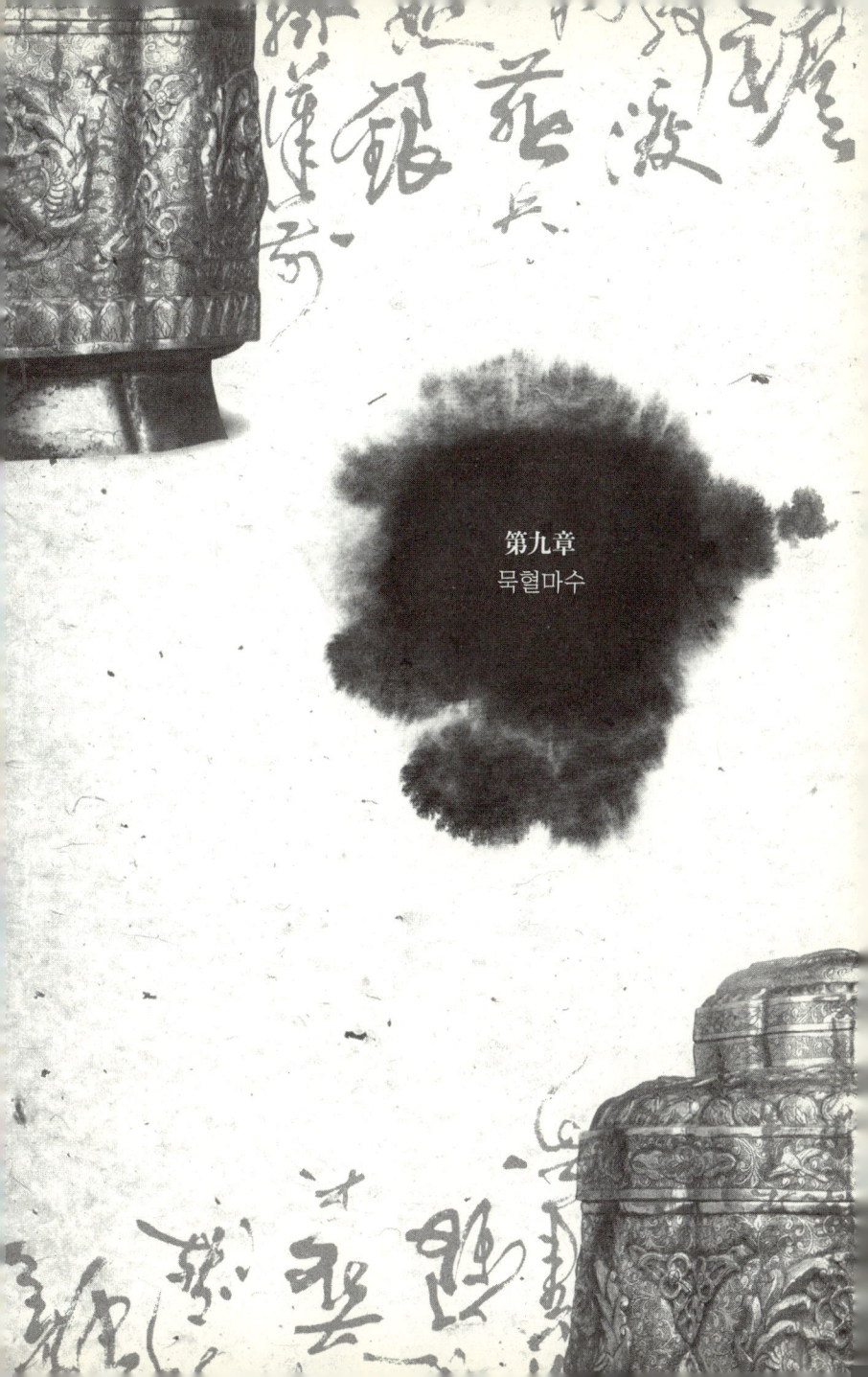

第九章
묵혈마수

"큭! 애송아, 영웅이 되고 싶은 거냐? 저들을 혼자 상대하겠다고? 아서라."

낭백이 대놓고 비웃었다.

적우강은 낭백의 비웃음에도 전혀 기분 나쁜 표정을 짓지 않았다. 딸의 죽음을 보고 눈물을 흘리던 낭백의 모습을 기억하는 까닭이다.

"영웅이 되고 싶은 생각은 없지만 저들을 상대할 정도는 될 것 같은데요?"

"됐다. 더 자극해도 눈썹 하나 까딱 안 할 녀석이군. 저들은 내가 상대할 테니 너는 도망가라."

"한 가지 궁금한 게 있어요."

"뭐?"

"한 팔이 없는 건 싸우다 잃은 건가요, 아니면 그 혈염도란 무공을 익히기 위해 자른 건가요? 아까부터 궁금했거든요."

"……."

낭백이 표정을 일그러뜨리며 황당하단 눈으로 쳐다봤다. 지금 상황에서 저런 질문을 할 수 있다는 건 두 가지뿐이었다. 바보거나 엄청난 고수이거나.

"나중에 말해주세요."

적우강은 낭백이 대답은 안 해주고 바라보기만 하자 픽, 웃으며 돌아섰다.

"애송아, 우리가 누군 줄 알고나 있는 거냐?"

낭백을 상대하던 중년인이 적우강이 같잖다는 듯이 턱짓을 하며 물었다. 그의 양쪽에 늦게 합류한 두 중년인도 비웃고 있었다.

"조금 전에 낭 대협과 나누는 대화를 들었다. 명령을 따르는 개들이잖아, 짖으라면 짖는. 후후후. 그러는 당신들은 내가 누군지 알아?"

"누구냐?"

"낭 대협을 대신해 너희들을 혼내줄 분이시지."

적우강의 친절한 설명에 중년인들의 표정이 와락 구겨졌다. 탑하륵을 추종하는 그들에게 이런 모욕은 없었다.

"참, 당신들이 독고량을 죽였나?"

"독고량이 죽었느냐!"

낭백이 크게 소리쳤다.

"예. 악마에게 당했다고 하더군요."

"악마?"

"그렇게 말했습니다. 배에 주먹만 한 구멍이 뚫려 있더군요."

"주먹만 한 구멍?"

낭백은 인상을 쓰며 중년인들을 돌아봤다.

"많은 걸 알고 있는 애송이구나."

늦게 나타난 자 중 한 명이 냉소하며 말했다.

그의 말을 듣던 낭백은 충격을 받고 말았다.

"너희들이 독고량을 죽였구나!"

낭백의 입에서 호통이 터졌다.

비록 마중천 수뇌부들의 행태에 실망해서 나오기는 했지만 낭백은 어디까지나 마도인이었다. 그런 그에게 독고량을 죽인 것이 마중천이라고 한 것이다.

"이들이 아닙니다. 이들은 독고량을 죽일 능력도 안 되는 자들이니까요."

"잘도 아가릴 놀리는구나, 애송이!"

슛.

늦게 나타난 자 중 한 명이 자리에서 사라졌다 적우강의 앞에 모습을 드러냈다.

과감한 수법이었으나 이미 낭백과 중앙의 중년인이 싸우는 모습을 지켜본 적우강에겐 우습기만 했다. 게다가 다가오는 자보다 몇 배는 빠르게 움직일 수 있는 잠둔이 적우강에겐 있었다.

그러나 적우강은 잠둔을 펼치지 않았다. 오히려 다가온 자가 공격할 때를 기다렸다. 그리고는 주먹을 쥐고 가볍게 뻗었다.

적우강이 자신의 몸에 대해 연구하면서 사용할 수 있게 된 가장 간단한 공격이었다.

주먹을 쥐고 뻗는 것이 전부였지만 그 위력은 상상을 초월할 정도로 강했다. 들끓는 마기를 억누르려고만 하지 않았을 뿐인데도 그 파괴력은 엄청났던 것이다.

쾅!

공격하던 자의 손이 제멋대로 터져 나갔으나 적우강의 주먹은 여전히 뻗어나갔다.

"크악!"

비명과 함께 공격하던 자는 벽 속에 파묻히고 말았다.

"허!"

뒤쪽에서 지켜보던 낭백은 허탈한 표정을 지었다.

적우강을 공격한 자는 낭백이 상대하던 자와 별반 차이가 없는 고수로 보였다. 그런 자를 주먹 한 방에 날려 버린 적우강의 모습에 기가 막힌 것이다.

'저것은 초식 자체를 무시한 공격이다.'

초식이 없는 휘두름.

그것만으로 저런 위력이 나올 수 있다?

낭백은 적우강을 자세히 살피다 갑자기 자신도 모르게 빈 소매를 잡고 있던 손에 힘을 주었다.

"윽!"

신음을 내면서도 눈은 적우강을 향해 있었다.

남은 둘을 바라보는 적우강의 표정에는 긴장감이라고는 찾아볼 수 없었다. 웃고 있었다. 마치 아직 진짜는 시작도 안 했다는 듯이.

'저건 마기다. 그럼 저 녀석도 마도? 하면 아까 내밀었던 검은 뭐지? 그 검은 분명 정도 나부랭이들의 기운이…….'

확신은 아니었다. 지금 적우강의 몸을 휘감고 있는 기운은 분명 마기였기 때문이다. 그것도 낭백의 몸이 반응할 정도의 강력한 마기.

'빠르다!'

낭백의 눈이 한쪽으로 돌아갔다.

쉭.

적우강은 잠둔을 펼쳐 아직 움직이지 않은 두 사람의 측면에 모습을 나타내고는 그들이 반응하기도 전에 주먹을 뻗었다. 조금 전과 마찬가지로 단순히 주먹을 뻗은 것뿐이었다.

"이, 이 애송이가!"

뒤늦게 두 사람은 합공을 펼치려 했으나 시도부터 무산되고 말았다. 낭백과 싸우던 중년인이 옆구리를 부여잡고 쓰러졌기 때문이다.

"죽어!"

혼자 남게 된 중년인은 눈이 뒤집힐 지경이었다. 아직 한 수는 남아 있었다. 유가기공으로 몸을 보호하고 회회신력을 사용한다면 적우강의 저 무자비한 공격을 어느 정도 막을 수 있을 거란 생각을 한 것이다.

그러나 그의 생각은 무의미했다.

펑!

적우강의 손을 막지도 못하고 북 두드리는 소리와 함께 날아간 그의 칠공(七孔)에서 피가 터져 나왔다. '퍽!' 하는 소리와 함께 벽에 부딪쳤으나 그전에 이미 숨은 끊어지고 말았다.

'기회다!'

낭백과 싸우던 중년인의 눈빛이 번뜩였다.

숨진 중년인을 바라보느라 그에게 신경 쓰지 않고 있는 적우강을 향해 붉은 뇌전(雷電)을 만들어 쏜 것이다.

쾨우우!

엄청난 속도로 붉은 뇌전이 적우강을 향했다.

적우강의 고개가 돌려졌다.

그러나 적우강은 날아오는 뇌전을 바라보기만 할 뿐 아무런 반응을 보이지 않았다.

"무모하다!"

낭백은 자신도 모르게 소리쳤다.

그러나 다음 순간 낭백은 그것이 쓸데없는 걱정이었음을
깨달아야 했다.

쾅!

역시나 이번에도 한차례의 폭음이 터졌다.

"저럴 수가……."

낭백은 적우강의 바로 앞에서 양손을 벌린 채 서 있는 낭백
과 싸우던 중년인을 뚫어져라 쳐다봤다.

어처구니없게도 적우강은 중년인이 쏟아낸 붉은 뇌전을
주먹으로 깨뜨려 버린 것이다.

뚝뚝.

중년인은 적우강의 주먹에 의해 깨져 버린 붉은 뇌전의 파
편으로 눈을 잃고 말았다.

그의 얼굴을 타고 피가 바닥으로 떨어지고 있었다.

"무슨 수법이냐?"

"글쎄, 단순히 주먹이라고만 해두지. 아직 이름을 정하지
못했거든."

적우강의 목소리는 냉정했다.

"큭. 주먹……."

중년인이 남긴 말은 그것이 끝이었다.

대결을 지켜봤던 낭백은 고개를 절레절레 흔들었다.

"네 나이에 이런… 어찌 이것이 가능……."

낭백은 벽 속에 박힌 둘과 바닥에 쓰러진 중년인을 보며 중얼거리다 적우강을 돌아봤다. 그리고는 갑자기 '큭큭' 대며 웃기 시작했다.

적우강을 처음 본 곳.

단애 건너편이었다.

"건너온 거냐?"

"간신히."

"어떻게?"

"이것저것 섞었습니다."

"크하하하!"

"낭 대협께서는 그 거리를 어떻게 뛰어넘으신 겁니까?"

"내게는 특별한 재주가 하나 있다. 어떤 거리라도 뛰어넘을 수 있다는 거지. 혈염도를 익히면 그것이 가능하게 된다."

낭백은 자신의 왼팔을 가리켰다.

잘려진 왼팔과 관련이 있다는 말인데 적우강으로서는 이해할 수 없는 수수께끼였다.

"이 팔을 통해 혈염도가 나온다. 즉, 기의 출수가 자유롭다는 뜻이지. 혈백열염을 봤으니 알겠지만, 내가 원하는 영역 안에서는 얼마든지 기를 유형화시켜 사용할 수 있다는 뜻이다. 허공에서도 마찬가지지. 필요에 의해 기운을 유형화시켜 몸을 띄울 수 있는 것이다."

"아! 일종의 받침대 역할을 한다는 거군요? 그럴 수도 있겠네요. 저는 그것도 모르고 신법으로 뛰어넘으신 줄 알고… 하하하."

"뭐? 이것저것 사용했다며?"

"신법을 두 가지 섞어서 사용했거든요."

"시, 신법만으로 뛰어넘었다고?"

낭백의 얼굴이 일그러졌다.

적우강은 분명히 오십여 장의 거리를 신법만으로 뛰어넘었다고 말하고 있었다.

'도대체 이놈의 내공이 얼마나 되기에 그 거리를 뛰어넘었다는 거지?'

낭백에게 한 가지 달라진 점이 있었다.

적우강의 조금 전 싸움을 보고 난 후 정말 그럴지도 모른다고 생각을 한 것이다.

점점 적우강에 관한 의문이 들기 시작했다.

싸움을 지켜볼 때는 몰랐으나 막상 싸움이 끝나자 완전히 다른 사람처럼 보인 까닭이다.

"손을 좀 볼 수 있을까?"

"그러세요."

낭백의 요구에 적우강은 대수롭지 않게 손을 펼쳐 보였다. 자하검 때문에 생긴 상처만이 있을 뿐 그 외에는 별다를 것이

없는 평범한 손이었다.

낭백은 이리저리 살펴보다 고개를 갸웃거렸다.

"어찌 된 일이지?"

"왜요?"

"마기가 느껴지질 않는다."

"아……."

적우강은 낭백의 말에도 별로 긴장하는 표정이 아니었다.

"자네가 사용한 건 마기였어, 그렇지?"

"아마도 그럴 겁니다."

"아마도? 자네는 마도인이 아닌가?"

"아닙니다."

낭백의 질문도 무척이나 직설적이었지만 적우강의 대답도
못지않았다.

"아니라고?"

"아! 그러고 보니 제 소개도 하지 않았군요. 저는 점창파의
장문대행 적우강입니다."

"저, 점창파?"

낭백의 얼굴이 완전히 일그러졌다.

"괜찮으세요?"

"……."

낭백이 괜찮을 리 없었다.

평생을 마도에 몸담은 그가 정도인 것도 모자라 구대문파

중 한 곳인 점창파의 장문대행이란 놈에게 도움을 받은 것이
다.

"빨리 내 눈앞에서 사라져. 가만, 조금 전에 뭐라고 했느
냐?"

"점창파의 장문대행이라고 했습니다."

"그것 말고! 아마도? 분명히 아마도라고 했지?"

"분명히 그렇게 말했습니다."

"정도인이 어떻게 마기를 사용하는 거지?"

"제가 좀 비밀이 많습니다."

"얼렁뚱땅 넘어갈 생각은 하지도 마라. 점창파의 장문대행
이면서 마기를 지니고 있다? 내가 그 말을 믿을 것 같으냐? 너
도 저놈들과 한패거리지?"

낭백의 눈에서 파란 광망이 쏟아져 나왔다.

상황이 묘하기는 했지만 낭백의 입장을 생각하면 적우강
의 말을 믿지 못하는 것이 당연했다.

"생각하는 건 낭 대협 마음대로 해도 되지만 마중천을 저
와 엮지는 마십시오. 아까 싸울 때 낭 대협이 마중천을 떠났
다는 말을 들어서 이런 말까지 하는 것입니다. 그렇지 않았으
면⋯⋯."

적우강의 목소리는 차분했다.

그러나 듣고 있는 낭백의 귀에는 분노로 들렸다.

"나도 저놈들처럼 됐을 거다?"

"그런 것은 아니더라도 이런 얘기는 하지 않았을 겁니다."

"마중천과 일이 있었던 모양이구나."

"그들과는 해결해야 할 일이 많습니다."

문일선과 서벽풍, 그리고 사형들의 죽음.

그 모든 일이 마중천으로 인해 일어난 일이었다. 적우강은 갑자기 그리운 사람들이 떠오르자 미간 찌푸리며 돌아섰다.

"그건 그렇고 뭐가 궁금해서 여기까지 나를 찾아온 게냐?"

낭백이 헛기침과 함께 물었다.

대답해 주겠다는 뜻이었다.

"대공은 누굴 말하는 것이며, 독고량은 왜 죽은 겁니까? 그리고 저자들은 왜 낭 대협을 공격했는지 물어보려고 했습니다."

적우강의 질문에 이번에는 낭백이 우울해졌다.

대답을 하려면 과거의 기억을 꺼내야 하는데 그러기엔 기억하고 싶지 않은 것들이 너무 많았다.

"노부는 마중천을 떠난 지 삼십 년이나 됐다. 그때만 해도 대공이라 불릴 사람은 오직 한 명뿐이었다. 수라대공. 삼대장로의 제자였지. 독고량이 온 것은 아마도 그와 관련이 있을 것이다. 도망간 줄 알았더니 죽었군. 빌어먹을 놈, 그럴 바에야 차라리 오지를 말지."

낭백의 대답은 적우강의 생각과 완전히 달랐다.

대공이라고 해서 마마대공을 생각했고 십대장로 독고량이

나타나서 형우와 관련있을 줄 알았기 때문이다.

"전혀 엉뚱한 자들이었군요."

"엉뚱한 자들?"

엉뚱한 일에 휘말리려고 그랬던 모양이다.

적우강의 예상이 모두 멋지게 빗나갔다.

"어릴 때 마중천의 십대장로 무극신마에게 사부님이 돌아가셨습니다. 저를 구하려다 돌아가셨지요. 열여덟 살 때는 마마대공이란 자가 점창파로 쳐들어와서 사형 세 분만 살아남게 됐습니다. 삼 년 전에는 사랑하는 여자를 그들 때문에 다른 곳으로 보냈지요. 그래서 낭 대협을 쫓아왔던 것입니다."

"네 인생도 참⋯⋯. 그러고 보니 나도 마도에 환멸을 느끼고 무공을 버린 지 삼십 년이 됐구나."

"역시 그러셨군요."

"역시?"

낭백의 표정이 또 일그러졌다.

적우강의 말투가 거슬린 것이다.

마치 낭백이 삼십 년 동안 무공에 손 놓은 것을 알고 있기라도 한다는 투로 들린 까닭이다.

"혈염도에 마지막 초식이 있을 것 같았습니다. 이초식 혈백열염은 좀⋯⋯."

"좀?"

"억지스러운 것 같았거든요."

낭백은 적우강을 향해 눈을 부라렸다.

그러나 그것도 오래가지 못했다.

"큭."

낭백은 아파서 낸 소린지 아니면 적우강의 뻔뻔한 얼굴 때문에 웃은 건지 구별 안 되는 소리를 냈다.

"아닌가요?"

"음. 정확히 봤다. 그래도 삼십 년 만에 움직인 것치고는 괜찮지 않더냐? 이번엔 생각 잘하고 대답해."

낭백이 으름장을 놓았다.

적우강은 하고 싶은 말이 있었지만 씨익, 웃음으로 대신하고 말았다.

"이제 어떻게 할 생각이냐?"

"돌아갈 곳이 있습니다. 낭 대협께선 어쩌실 생각이십니까?"

"나도 내 갈 길을 가야지."

적우강에겐 그 말이 갈 곳이 없다는 소리로 들렸다.

어차피 돌아가려면 백운산을 내려가야 했다. 마도인이라고는 하지만 이상하게 낭백에겐 적의가 일지 않았다.

"백 명을 죽인 이유는 뭡니까?"

"백 명? 삼십 년 전에 말이냐?"

"예."

"너 같으면 사랑하는 여자를 인질로 잡은 놈들을 그냥 두

겠냐?"

"그럴 수 없죠."

"그래서 죽였다. 한 놈도 남김없이 전부. 정보를 흘린 놈이 독고량이라고 생각하지만 이미 죽은 놈이니 그 일과 관련된 놈은 이제 세상에 없는 것이다."

"정보를 흘려요?"

"당연하지. 그렇지 않고서야 내 여자가 누군지 어떻게 알고 정도의 시러배들이 인질로 잡았겠느냐."

낭백은 그때 일을 떠올리자 화가 나는지 씩씩거렸다.

정보를 흘린 자들이란 낭백의 말에 적우강은 생각지도 못했던 상상을 하게 됐다.

점창파로 쳐들어오는 마중천의 무리들을 아무도 몰랐을까? 지난 삼 년 동안 하오문 등의 일을 도와주며 배운 바로는 절대로, 절대로 그럴 수가 없었다.

"그렇구나!"

적우강이 갑자기 소리쳤다.

낭백은 깜짝 놀라 적우강을 쳐다봤다.

"정보를 흘린 거네요, 누군가가."

적우강은 길게 숨을 내쉬었다.

묘한 여운이 담긴 한마디였다.

"으음……."

낭백이 갑자기 신음을 흘리며 정신을 잃고 말았다.

등을 부축해 주던 적우강의 손에 찐득한 감촉이 느껴졌다.

*   *   *

"이게 그 돌이냐?"

곽일비는 교인이 가져온 돌을 유심히 살피다 고개를 갸웃거리며 물었다. 아무리 봐도 특별할 것 없는 돌일 뿐이기 때문이다.

"예. 틀림없이 명광석입니다. 말씀하신 모양과 일치하는 돌은 그것밖에 없었습니다."

교인이 고개를 조아리며 대답했다.

곽일비는 고개를 끄덕이며 명광석을 품에 넣었다.

"저… 그 돌 때문에 지금 하란세가에서 저를 추격하고 있습니다."

뜬금없는 교인의 말에 곽일비는 의아한 눈이 됐다.

"그런데?"

"저는 어찌해야 할지……."

처신을 묻는 것이다.

곽일비에게 교인은 아무것도 아닌 자였다. 당연히 그런 자의 처신 따위에 대해 이러저러한 말을 해줄 이유가 없었다.

"훗."

곽일비는 냉소를 날린 후 돌아섰다.

"무, 묵혈마수님, 저는……."

교인은 곽일비의 신형이 멈추는 것을 보고 다시 한마디 더 건네려 했으나 갑자기 혼혈이라도 제압당한 것처럼 몸을 꼼짝도 할 수 없었다.

쿵!

쓰러진 교인의 이마에서 피 한 방울이 흘러나왔다.

"하란세가 놈들을 유인하는 데 사용해라."

곽일비는 마치 교인의 피라도 묻었다는 듯이 손가락을 비비며 아무도 없는 공간을 향해 명령했다.

그러자 흑포를 입은 찬마흑살대원 몇 명이 모습을 드러내며 교인의 시체를 들고 사라졌다.

"쓰레기 같은 새끼. 저런 새끼들을 보면 싸그리 죽여 버리고 싶어. 어떻게든 살아보겠다고 징징거리지. 적우강, 그 새끼도 그랬어. 눌러도 눌러도 튀어나오는 새끼. 혁련궁이 죽으면 그다음에는 네놈을 끌어내 주마. 당백지가 검각에 있다는 것을 알았으니 안 나오고 버틸 순 없겠지. 한 번 찍은 건 절대로 놓치지 않아. 당백지, 네년의 피를 맛볼 생각을 하니 짜릿하구나. 크크큭."

곽일비는 적우강과 당백지의 모습을 떠올리며 살기를 드러냈다.

슛.

곽일비가 동굴 안으로 들어간 후 그 자리에 한 인영이 모습을 드러냈다.

"도대체 뭘 하시려는 게지?"

걱정스러운 눈빛으로 동굴을 바라보는 인영은 마마대공이 곽일비를 감시하기 위해 보낸 마마사천사 중 마귀검왕이었다.

*　　*　　*

낭백의 삶은 전형적인 마인의 삶이었다. 눈을 뜨면 살인하는 모습을 보고 몸을 움직일 수 있으면 본 것을 실천해야 하며 그것이 당연한 줄 아는.

삼십 년 동안 잊고 살았던 본능이 다시 깨어나려 하고 있었다. 혈염도를 익히기 위해 한쪽 팔을 도끼로 내려칠 때의 낭백으로 되돌아가야 했다.

팔을 묶은 줄 반대편을 나무에 걸친 후 땅에 떨어진 끝을 발로 밟았다. 곧 감당해야 할 고통에 이미 숨은 거칠 대로 거칠어져 있었고 도끼를 든 오른손에는 힘줄이 불거져 있었다.

낭백은 이내 망설임없이 도끼를 휘둘렀다.

"끄아악!"

벌떡 일어난 낭백의 전신은 땀으로 흥건했다.

앞에는 적우강이 걱정스런 눈으로 쳐다보고 있었다.

'꾸, 꿈이었구나……. 왜 하필 그 꿈을 꾸었을까?

젊은 시절, 낭백은 혈염도를 익히기 위해 팔을 잘랐다. 진정한 마인이 되기 위해선 모든 것을 버릴 수 있어야 한다는 신념 때문이었다.

"정신이 드세요?"

적우강이 물었다.

"꿈을 꿨을 뿐이다."

"생각보다 상처가 쉽게 아물어서 다행이네요."

"상처?"

낭백은 깜짝 놀라 상처를 만져 보았다. 독고량에게 당한 상처뿐만 아니라 중년인과 싸웠을 때 받았던 암습에 의한 상처도 많이 아물어 있었다. 게다가 몸이 가뿐했다. 어떻게 된 일이냐는 눈으로 적우강을 쳐다봤다.

"제가 한 것은 낭 대협의 기운을 끌어내 준 것밖에는 없어요."

"내… 기운을 끌어냈다고?"

낭백의 얼굴이 보기 싫게 일그러졌다.

젊은 시절 낭백이 자신의 팔을 잘랐을 때 치료해 준 마중천주 관걸이 한 말과 똑같았다. 당시에는 관걸이 신이나 마찬가지였기에 낭백은 충성을 맹세했다.

그때의 느낌이 다시금 낭백을 충동질하고 있었다.

세차게 휘도는 이 기운.

눈앞의 적우강이 관걸이 마성에 빠지기 전의 모습처럼 보였다.

낭백은 얼굴을 딱딱하게 굳힌 뒤 천천히 자리에서 일어났다. 곧이라도 공격할 것처럼 기운을 일으킨 상태였다.

의아한 눈으로 바라보는 적우강을 향해 입을 열었다.

"지금부터 딱 한 번 공격할 것이다."

"저는 그러고 싶지 않은데요?"

"막든 피하든 그건 네 자유다."

"그런 억지가… 헉!"

콰콰콰!

낭백의 몸에서 엄청난 기운이 거칠게 퍼져 나갔다.

"나, 낭백이 지금껏 살아온 방식이다. 하나를 정하고 죽을 때까지 간다."

"뭘 결정하려고요?"

"너."

"예?"

"간다. 핫!"

낭백이 몸을 한껏 들어 올렸다가 자세를 낮추었다. 그러자 그의 몸에서 쏟아진 기운으로 인해 나무와 돌들이 휘청거렸다.

적우강은 낭백의 엄청난 기합에 깜짝 놀라 급히 진기를 끌어올렸다.

츠르르릇.

낭백의 빈 소매에서 진기로 만든 도가 빛을 뿜으며 모습을 드러냈다. 낭백은 오른손으로 그것을 뽑았다.

"이것이 혈염도다."

갑자기 깨어나서는 한다는 말이 공격할 테니 받아보라? 하지만 적우강은 그런 낭백을 피하고 싶지 않았다. 자세를 잡으며 주먹을 쥐었다.

"손을 자르고 싶지 않으니 무기를 꺼내라."

"공격하면서 그런 걱정까지 해주는 건가요?"

적우강은 자신도 모르게 피식, 웃고 말았다.

낭백 역시 자신이 생각해도 웃긴지 입가를 씰룩였다. 하지만 자세는 흐트리지 않았다.

'삼십 년 전에도 혈염도 삼초식 혈주자염(血柱紫炎)은 펼치기 힘들었다. 한데 저 녀석의 도움을 받은 즉시 펼칠 수 있게 됐다. 정말 저 녀석이… 천주와 관련되어 있는 건가?'

혈염도는 시전자의 피를 태워서 펼친다고 해도 과언이 아니었다. 한 번 사용할 때마다 엄청난 진기의 소모는 물론이고 그것을 채우기 위해서는 운공만으로는 힘들었다.

살인은 그래서 필요했다. 피를 봐야 마기를 일으킬 수 있고 마기가 강할수록 혈염도의 완성에 다다를 수 있는 것이다.

적우강이 무슨 도움을 줬는지 몰라도 낭백은 이전보다 훨씬 강해졌다. 혈염도 삼초식을 펼치면서도 몸에 전혀 부담이 느껴지지 않을 정도였다.

츠르르릇.

혈염도가 휘둘러질 때마다 몇십 겹의 환영이 소리를 내며 따라다녔다.

'내가 왜 기다리고 있지?'

적우강은 자신도 모르게 소스라치게 놀랐다.

낭백이 공격할 때까지 기다릴 이유도, 그 공격을 받아줘야 할 의무도 없었다.

자세를 풀었다.

"낭 대협, 제가 먼저 갈게요."

적우강의 갑작스런 말에 낭백은 미간을 찌푸렸다.

그 순간을 적우강은 놓치지 않았다.

잠둔을 전력으로 펼치자 순식간에 낭백의 앞까지 다다를 수 있었고 얼굴을 때려도 됐지만 일부러 혈염도를 향해 주먹을 뻗었다.

'이런 속도란!'

낭백은 다급히 혈염도를 곧추세워 적우강의 주먹을 막았다. 무의미한 공격이지만 혈염도를 막지 못하면 다음은 없었다.

쾅!

*   *   *

가대건은 양쪽 손목과 발목, 그리고 허리에 찬 백색 채대를 풀고는 그것들을 거꾸로 뒤집어 다시 착용했다. '착' 하는 소리와 함께 가대건의 신형이 부르르 떨렸다. 백갑에 달린 침이 몸속으로 파고든 것이다.

구자귀도 묵투를 벗었다가 다시 끼며 손을 흔들었다. 그러자 묵투의 손가락 끝에서 열 가닥의 실이 흘러나왔다. 오른손에서 나온 실은 검을 휘감았고, 왼손에서 나온 실은 하늘거리며 흔들렸다.

"교인을 찾기 전에 죽어선 안 되잖아."

"그럼요."

가대건이 구자귀의 말에 흐뭇한 웃음을 지어 보였다. 백갑을 낀 상태로 실전은 처음이었다.

"어? 저자는……."

가대건은 싸울 준비를 하다가 다가오는 무리들 중 눈에 익은 사람을 가리켰다.

"아는 자냐?"

삼 년 전 화산군웅대회에서 봤던 정도맹의 총순찰 혁련궁이었다.

"정도맹 총순찰 혁련궁이에요."

"저자가?"

"예. 삼 년 전에 봤을 때 그랬어요."

"주 사제는 저자에 대해서는 일언반구도 하지 않았는데……."

구자귀가 고민하고 있을 때 가대건이 훌쩍 몸을 드러냈다.

"혁련 대협, 반갑습니다. 저를 기억하세요? 삼 년 전 화산에서……."

혁련궁은 다가오는 가대건을 보며 낯이 익다고 생각했다. 그러다 삼 년 전이란 말에 눈을 크게 떴다.

"적 소협의 사형이라던……."

"맞아요. 가대건입니다. 헤헤."

가대건은 자신을 알아보는 것이 뭐가 그리 기분 좋은지 연신 '헤헤' 거리며 웃었다.

"적 소협도 함께입니까?"

"곧……."

가대건이 있는 그대로 말하려 할 때였다.

구자귀가 가대건의 곁에 내려서며 말을 잘랐다.

"장문대행은 다른 곳에 계시오."

"이분은……."

"점창파의 제자 구자귀라고 하오."

"정도맹의 총순찰을 맡고 있는 혁련궁이오."

구자귀와 혁련궁의 시선이 마주쳤다.

'음.'

구자귀는 속으로 침음했다.

멀리서 볼 때는 몰랐던 존재감이 느껴진 까닭이다.

"이곳에서 무슨 일이 벌어진 겁니까? 정도맹의 총순찰께서 직접 나설 일이 뭔지 궁금하군요."

구자귀는 속내를 들키지 않으려고 최대한 당당하게 물었다. 적우강의 빈자리는 곧 구자귀의 몫이었다.

"개인적인 일이 있어서… 두 분께선 어쩐 일이십니까?"

"우리 역시 개인적인 일입니다."

"오다가 본 시체들과 무관한 일인가요?"

"그럴 수도, 아닐 수도 있습니다."

구자귀의 대답에 가대건의 입이 벌어졌다. 혁련궁 앞에서 전혀 위축되지 않는 구자귀의 모습에 신이 난 것이다.

아무리 많은 적에게 둘러싸여도 구자귀와 있으면 걱정이 안 되는 건 어려서나 지금이나 똑같은 모양이다. 함께 있는 것만으로도 든든했다.

"이런, 말투 때문에 그러신 모양이군요. 추궁하는 것이 아닙니다. 제 개인적인 일로 왔다가 시체들을 봐서 물어본 것뿐입니다."

혁련궁이 멋쩍은 웃음으로 분위기를 풀어보려 했다.

"외람되지만 개인적인 일이라면……."

"그건 말하기 곤란하군요."

그때, 혁련궁의 일행으로 보이는 자가 모습을 드러내며 혁련궁에게 서찰을 건넸다. 서찰을 받아 든 혁련궁의 안색이 어두워졌다.

"안 좋은 일입니까, 혁련 대협?"

"혈염도 낭백까지 나타났다니……."

"혈염도 낭백?"

"삼십 년 전, 혼자서 정도의 고수 백여 명을 주살한 살성이오. 그때를 기억하는 명숙들께서 가끔 말씀하시면서 치를 떠는 자지요."

'그럼 교인이 그를 만나려고 온 건가? 그럼 금황표국에 의뢰할 것이 아니라… 가만, 뭔가 이상하다.'

구자귀는 재빨리 품에 든 주머니를 꺼내어 펼쳤다.

주머니 안에 있는 것은 돌이었다.

"구 사형, 그걸 왜 꺼내요?"

"교인이 우릴 이용한 것 같다."

"예?"

구자귀는 꺼내 든 돌을 혁련궁에게 건넸다.

받아 든 혁련궁의 눈이 의아해지고 말았다.

"그 돌이 명광석이 맞소?"

"명광석? 하란세가에서 보관하고 있는 명광석을 말하는 거요?"

"맞소. 교인이란 자가 백운산에 있는 묵혈마수란 자에게 전해달라고 의뢰한 물건이오."

"묵혈마수? 그런 이름은 들어본 적이 없소. 하나 뭔가 수상

한 냄새가 나긴 하는군요."

혁련궁은 일행 중 한 명을 불러 돌을 건넸다.

돌을 건네받은 우락부락하게 생긴 자가 금방 고개를 저었다.

"가짜라는군요."

"역시……."

"두 분, 동행하는 것이 어떻습니까? 묵혈마수란 자를 만나봐야 할 것 같은 생각이 드오."

혁련궁의 표정이 싸늘하게 변했다.

그 모습에 구자귀와 가대건은 동시에 고개를 끄덕였다. 지금껏 그래 왔던 것처럼 이용당한 것이라면 대상이 누구든 몇 배로 되돌려줘야 하기 때문이다.

교인이 알려준 장소는 이곳에서 멀지 않은 봉우리였다. 그곳으로 가면 알게 될 것이다.

"구 사형, 저 시체……."

"맞다, 교인이다. 더 있을 것 같다. 조심해, 가 사제."

구자귀는 가대건에게 경고한 다음 묵투 낀 양손을 늘어뜨렸다.

"저자가 교인이오?"

혁련궁의 질문에 구자귀는 대답 대신 고개를 끄덕였다. 혁련궁은 주위를 둘러보며 무언가를 살피고는 길 위쪽을 향해 소리쳤다.

"쥐새끼처럼 숨어 있겠다? 그렇게는 안 되지."

혁련궁은 검을 뽑아 들고는 그대로 긴 포물선을 그었다. 그러자 어이없는 광경이 구자귀와 가대건의 눈에 펼쳐졌다.

츠르릇.

혁련궁의 검에서 뻗어나간 검기가 일시에 숲을 쓸어버렸다.

우지끈― 쿠쿠쿵―

베어진 나무들이 쓰러지며 주위는 아수라장이 되어버리고 말았다.

"저런 단순한 검기로 저 정도의 위력을……."

"저 정도일 줄은 몰랐네요."

구자귀와 가대건이 동시에 입을 벌렸다.

두 사람 역시 마음먹고 펼치면 저 정도의 위력까지는 발휘할 수 있겠지만 혁련궁은 마음을 먹지도 않은 것 같았다.

엄청난 신위가 아닐 수 없었다.

그때였다.

"혁련궁이 확실하다! 일제히 덮쳐라!"

숲에서 명령이 터지며 풀숲을 건드려 놀란 사마귀 떼처럼 흑의인들이 떼로 모습을 드러냈다.

"너희들이었느냐, 마중천."

혁련궁은 차갑게 말하고는 이번엔 검을 좌에서 우로, 우에서 좌로 두 번 그어댔다. 역시나 그 위력은 대단했다. 달려들던 찬마혹살대원들의 대부분이 신체의 일부를 잃고서 바닥으로 추락하기에 바빴다.

"가 사제, 우리도 손 놓고 있을 수 없겠다."

"왜요, 가만히 있어도 혁련 총순찰이 알아서 다 죽이는데."

"저쪽은 아닌 것 같은데?"

"에? 헉! 저것들은 또 뭐야?"

가대건은 구자귀가 눈짓으로 가리킨 곳을 돌아봤다가 기함을 하고 말았다. 열 명 정도의 무리가 뒤쪽에서 다가오고 있었다. 수는 문제될 것이 없었으나 그들이 풍기는 기세가 멀리서도 꽉꽉 느껴졌다.

"갈까?"

"어딜요? 헤헤, 농담이에요. 쩝! 알았어요."

가대건은 못 이기는 척 입을 놀렸으나 양손의 백갑을 부딪치는 모습이 활기찼다.

구자귀는 한 손으로는 검기를, 다른 한 손으로는 묵투를 휘두르며 열 명의 혈포인들을 공격해 갔다.

혁련궁은 숲에서 튀어나온 자들을 일행에게 양보하고 구자귀와 가대건을 돌아봤다.

"묵투와 백갑의 주인이 저 두 사람이었군. 후후후. 적 소협은 적어도 저 두 사람보다는 강해졌겠지."

혁련궁은 묵투와 백갑의 주인이 나타났다는 보고를 들었

다. 역시나 정도맹으로 끌어들여야 하는 고수들 중 일순위였
다.

그때, 혁련궁의 신경을 자극하는 움직임이 감지됐다.

'응? 빠르다!'

소리도 내지 않고 숲에서 튀어나오는 무리들 사이를 가로
지르며 다가오는 자.

혁련궁은 숲을 뚫어져라 응시했다.

곧장 혁련궁을 향해 다가오고 있었다.

"검에 마음을 담는다, 검즉심(劍卽心)!"

혁련궁의 검신에서 빛이 번쩍였다.

쿠콰!

빛에 닿은 곳에는 커다란 웅덩이가 생기며 파편이 사방으
로 튀었다. 다가오던 인영은 그곳에 없었다.

'피했다고?'

혁련궁은 믿을 수 없었다. 조금 전에 펼친 무공은 무유삼천
검(無有三天劍)으로, 이백 년 전 정도 최강의 기인이라 불리는
무유자(無有者)의 절기였다.

당시만 해도 대부분의 검법은 초(招)와 식(式)으로 구성되
어 있었다. 무유자는 거기에 뜻을 집어넣어 검의 새로운 경지
를 개척한 사람으로 손꼽혔다.

그런 무유자의 무공을 피한 것이다.

혁련궁의 눈빛이 달라졌다.

그러나 상대의 기척은 여전히 알 수 없었다.

"마음에 담긴 검을 보낸다, 심중검(心中劍)."

근처에 있을 것이란 가정하에 공격 가능한 모든 방위에 검기를 뿌리자 순식간에 오밀조밀한 망처럼 검기가 주위 오 장여를 감쌌다.

쾅!

혁련궁의 시선이 소리난 곳으로 돌아갔다.

심중검의 망에는 아무것도 걸리지 않았다.

오 장 정도 뒤쪽, 한쪽 소매를 덜렁거리며 한 노인이 허공에서 내려서고 있었다.

적우강과 함께 있던 낭백이었다.

"놈! 다시는 남의 뒤에 숨어서 암습을 가하지 못하게 해주겠다. 아무리 마인이라도 동료를 버리는 짓은 해서는 안 되는 것이다."

혁련궁을 공격한 인영이 동굴에서 낭백을 괴롭힌 인영과 동일인이란 것을 알고서 호통을 친 것이다.

어느새 낭백의 손에는 고드름처럼 생긴 빛 덩어리가 들려져 있었다.

혁련궁은 낭백의 시선을 따라갔다.

자세히 보지 않으면 땅과 식별이 불가능할 정도로 미미한 움직임이 보이고 있었다.

"도망간다고? 안 되지."

낭백이 웃으며 가볍게 손가락을 튕겼다.

픽!

땅이 파이는 소리와 함께 땅이 갑자기 솟아오르며 인간의 형체로 변했다.

"그 애송이 덕분에 살아난 주제에 말이 많……!"

듣기만 해도 역한 목소리를 흘리던 검은 인영이 급히 말을 멈추며 신형을 옆으로 주르륵 미끄러뜨렸다.

그의 앞, 낭백이 모습을 드러냈다.

낭백과 인영의 움직임은 혁련궁이 아니면 볼 수 없을 정도로 빨랐다.

"애송이? 그 아가리로 인해 너는 더 빨리 죽겠다. 주군께 무례한 자는 죽는다!"

낭백은 다짜고짜 화염도를 만들어내더니 손의 위치를 중앙으로 옮겼다. 그러자 화염도의 모양이 창의 형태로 바뀌었다.

그 기세가 어찌나 대단한지 인영은 막을 생각도 못하고 서 있기만 했다.

그러나 창이 박혔을 때 뒤에서 지켜보던 혁련궁은 깜짝 놀라고 말았다. 낭백의 창 둘레만큼 인영의 몸에 구멍이 난 까닭이다. 엄청난 유가신공이 아닐 수 없었다. 몸을 원하는 형태로 바꿀 수 있음을 보여주는 모습이기 때문이다.

"정도맹의 총순찰 혁련궁. 이제야 나타나셨군. 한가하게 싸움 구경이나 하는 걸 보니 별로 걱정되지 않는가 보군."

"······!"

혁련궁은 믿을 수가 없었다. 아무리 낭백의 싸움에 집중했다고 해도 육성이 들릴 정도의 거리를 허락했다는 것은 그만큼 상대가 고수란 뜻이기 때문이다.

혁련궁의 귀로 주위의 잡다한 소리가 사라지고 오직 뒤쪽의 움직임만이 들렸다. 천천히 돌아서자 거구의 중년인이 바위 위에 서서 그를 바라보고 있었다.

"네가 한 말이냐?"

"따라오너라."

'응?'

혁련궁의 눈동자가 눈앞에 있는 중년인의 뒤쪽을 향했다. 중년인의 뒤로 희끗한 그림자가 내려서는 것이 보인 까닭이다.

이상한 것은 중년인은 그런 기척을 전혀 느끼지 못하고 있다는 것이었다.

"낯이 익다고 했어. 내 기억으로는 마마대공과 함께 있던 자인 것 같은데, 그렇지?"

중년인의 뒤쪽에서 들린 젊은 목소리.

혁련궁과 중년인 모두 눈이 커졌다.

중년인은 눈동자를 굴리며 입술을 잘근 씹었다. 겨우 몇 발자국 뒤에서 들리는 목소리였으나 마마사천사의 일인인 마귀검왕이 상대에게 등을 내주었다는 것은 치욕적인 일이었다.

"네가 지금 입에 담은 분이 누군지 아느냐? 마중천의……."

"천주가 되고 싶은 사람이겠지."

"……!"

"놀랄 것 없다. 그가 오 년 전에 점창파를 멸문시킨 자라는 것도 알고 있으니까."

"누, 누구냐?"

"이렇게까지 말을 했는데도 모르겠느냐? 마마대공에게 죽을 뻔한 점창파의 제자다."

"호, 혹시… 그 애송이?"

마귀검왕은 화들짝 놀라 뒤를 돌아봤다.

흑포에 머리를 하나로 묶은 적우강이 차갑게 웃으며 바라보고 있었다.

"지금은 점창파 장문대행이라고 불리지. 아니, 그보다는 수라검귀라는 이름이 좀 더 기억하기 쉬우려나?"

"수라검귀!"

마귀검왕의 표정이 심각해졌다.

적우강을 바라보는 눈에 예전의 모습이라도 찾으려는 것처럼 예리하게 훑었다.

"그때 죽지 않았구나. 정말 대단한 악연이다. 하나 묵혈마수님 앞에 제 발로 나타나다니, 네 운도 오늘로 끝이다. 크크크."

마귀검왕은 입술을 씰룩이며 웃었다.

'저자, 긴장하고 있다.'

혁련궁은 마귀검왕의 반응을 자세히 볼 수 있었다.

양옆을 살피고 애써 웃기까지 하는 모습은 긴장하고 있다
는 반증이었다.

"묵혈마수? 마마대공이 아니라 묵혈마수라고?"

슥.

적우강은 빠르지도 느리지도 않은 걸음으로 마귀검왕에게
다가갔다. 단순히 걷는 것뿐이었지만 적우강의 전신에서 흘
러나오는 알 수 없는 위압감으로 마귀검왕은 자신도 모르게
화들짝 놀라 물러섰다.

"예전에 묵혈음수공이란 무공을 사용하는 놈을 알고 지낸
적이 있지. 약삭빠르고 비겁한 놈이었지. 마마대공을 도와줬
다고 하더구나. 그놈이 이곳에 있느냐?"

'……!'

적우강의 눈을 바라보던 마귀검왕은 자신도 모르게 등골
이 서늘해졌다.

오 년 전, 적우강이 마마사천사 중 셋의 공격을 막던 기억
이 떠올랐다. 아무리 아닌 척하려 해도 몸이 떨리는 건 어쩔
수 없었다.

"놈이구나. 이번엔 무슨 짓을 꾸민 거지? 가만, 혁련 총순
찰이 이곳에 왜 있는 거지?"

"……."

마귀검왕이 혁련궁을 돌아봤다.

"적 소협, 미 매가 저들 손에 납치됐소."

혁련궁은 최대한 냉정을 유지하며 입을 열었다.

적우강이 깜짝 놀라 혁련궁을 돌아보는 순간 마귀검왕은 적우강에게서 최대한 멀리 물러났다.

"크크크. 그때나 지금이나 괴물인 건 여전하구나."

'괴물? 마마대공의 개인 호위인 마마사천사 중 한 명이 적 소협을 보고 괴물이라고?'

그러고 보니 혁련궁은 적우강에 대해 알고 있는 것이 거의 없었다. 유명무실한 점창파의 장문대행이란 것과 화산군웅대회에서 모든 출전자들을 제치고 영웅이 됐다는 것 정도가 전부였다. 그 이전과 그 이후에 대해서는 알고 있는 것이 전무했다.

"혁련궁, 이럴 시간이 없다. 지금 하란미는 묵혈마수님과 함께 있다."

마귀검왕은 혁련궁이 움직일 생각을 하지 않자 협박하듯이 말했다.

"혁련 총순찰, 묵혈음수공이란 무공에 대해서 아십니까? 여자들의 피를 많이 취하면 취할수록 강해지는 무공이더군요."

"……!"

푸학!

적우강의 설명으로 하란미가 어떤 상황에 처해 있는지 깨
달은 혁련궁의 전신에서 엄청난 기운이 사방으로 퍼졌다.

"감히! 미 매의 몸에 손끝 하나 댔다가는 가만두지 않는
다!"

"그건 네가 얼마나 서두르느냐에 따라 다르겠지. 뒷일을
부탁하오, 마검."

마귀검왕이 뜬금없는 말을 하고 곧장 신형을 위로 솟구치
자 혁련궁이 그 뒤를 바짝 쫓아갔다.

적우강 역시 발을 구르려 할 때였다.

"너는 가지 못한다."

곽일비를 죽이고 싶은 마음까지 가라앉게 만드는 저음이
적우강을 붙잡았다.

적우강은 천천히 돌아섰다.

혈포를 머리까지 푹 뒤집어쓴 인영이 적우강을 향해 검을
겨누고 있었다.

독특한 분위기를 풍기는 자였다.

"드디어 나타났군."

"……"

"이상하다고 생각했지. 혁련 총순찰을 데려간 자는 내 오
른손을 긴장시킬 수 없거든. 그렇다면 누군가가 더 있다는 건
데… 나오질 않더군. 곽일비는 저 위 어딘가에 있고 나머지는

얼추 이곳에 다 모여 있는 것 같고. 한 명이 비더군. 독고량을
죽인 자. 낭백을 죽이러 왔겠지."

"오늘, 백운산에 있는 모든 인간들은 마검의 재물이 된다.
너부터."

탑하륵의 말은 거기서 끝이었다.

핏.

검끝이 흔들린다 싶은 순간 어느새 마검은 적우강의 얼굴
가까이 다가왔다. 고개만 돌리면 볼을 스칠 수 있는 검이 갑
자기 부풀기 시작한 것이다.

적우강의 얼굴과 마검 사이의 거리는 불과 일 척이 채 되지
않았다. 그런 검이 갑자기 손가락 두 마디 정도는 두꺼워졌
다.

적우강은 깜짝 놀라 자신도 모르게 오른손으로 마검을 움
켜쥐었다.

파핫!

적우강의 오른손과 마검이 부딪치며 엄청난 빛이 터져 나
왔다.

『천마검선』 4권에서 계속…

고검추산

허담 新무협 판타지 소설
FANTASTIC ORIENTAL HEROES

**두 사형제가 난세(亂世)를 헤치며 만들어 나가는
기이막측(奇異莫測)한 강호(江湖) 이야기!**

천하가 사패(四覇)의 대립으로 혼란스러운 시기,
세상이 혼탁해지자 강호(江湖)에는 온갖 은원(恩怨)이 넘쳐난다.
그러자 금전을 받고 은원을 해결해주는 돈벌레[黃金蟲]가 나타난다.
그런데… 비천한 황금충(黃金蟲) 무리 가운데 천하팔대고수(天下八大高手)가
나타나니…

천검(天劍) 능운백(陵雲白)!
천하팔대고수이자 강호제일 청부사의 이름이다.

그리고… 그가 두 제자를 들이니, 고검(孤劍)과 추산(秋山)이 그들이었다.
훗날 강호제일의 해결사가 되어 무림을 진동시킬 이들이었다.

 유행이 아닌 자유추구 -
WWW. chungeoram.com

Book Publishing CHUNGEORAM

Golden Key

박이수 소설

황금열쇠

「달의 아이」, 「붉은 소금성」의 작가 박이수.
그가 또 하나의 기대작 「황금열쇠」로 나타났다.

우연한 만남이란 단어는 그들에겐 존재하지 않았다.
얽혀 있는 사람들… 그리고 피할 수 없는 운명의 굴레!

뒤틀려 버린 운명의 주인공 셰이엔 가이스카 리베 폰 라시에…
한순간 인생이 뒤바뀐 불운의 주인공 듀이 델코!
그리고…유일하게 그녀를 기억하는 단 한 사람 이샤무딘!

이제 운명의 주사위는 던져졌다.
엇갈린 운명 속에 모든 사건은 하나로 연결된다!
황금열쇠를 차지하기 위한 그들의 위험한 모험이 지금 시작된다.

유행이 아닌 자유추구 -
WWW.chungeoram.com

Book Publishing CHUNGEORAM

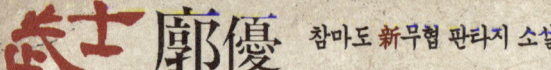

武士 廓優 참마도 新무협 판타지 소설

무사 곽우

『무정지로』, 『십삼월무』, 『화산진도』의
작가 참마도, 그가 돌아왔다!!

새롭게 시작되는 그의 네 번째 강호 이야기!!

"힘이 있는 자가 없는 자를 돕는 것입니다.
또한 힘이 없다면 돕기 위해 노력이라도 하는 것입니다.
그것이 진정한 협 아니겠습니까?"
"호오……."
송완은 다시 봤다는 듯 곽우를 바라보았고 담고위는
무슨 케케묵은 보물단지 보는 듯한 얼굴을 만들었다.
송완은 살짝 킥킥거리며 웃다가 이내 곽우에게 말했다.
"틀렸다. 협이란 무공이 높은 자의 중얼거림일 뿐이야.
무공이 낮은 자는 그저 그 협을 바라만 보고 있어야 하는 것이지.
그래서 세상은 협사가 널렸고 그 협사의 주변엔 구더기들이 들끓고 있는 거야."

강호라는 세상 속에서 지금 한 사람이 그 눈을 뜨려 한다.
한 자루의 부러진 검과 함께 곽우라는 이름을 가지고……

유행이 아닌 자유추구 -
WWW.chungeoram.com

Book Publishing CHUNGEORAM

운룡쟁전

조돈형 新무협 판타지 소설

雲龍爭天

팔룡전설을 아는가?

북녘 하늘을 밝히는 별의 정기를 받고 태어난 여덟 명의 기재가
한 시대에 나타나리니, 그들의 눈은 삼라만상(森羅萬象)을 살피고
지혜는 하늘에 닿고 웅심은 천하를 덮을 것이다.
그들이 화합을 한다면 더없이 평온한 세상을 이룰 것이나,
만약 그렇지 않다면 피의 광풍이 온 천하를 휩쓸 것이다.

혼란의 시대!! 모략과 음모가 극에 다다른 혼돈의 강호무림!!

이때 하늘이 안배해 놓은 이가 있었으니, 그의 이름 도극성이라……!!
도극성!! 그가 무림에 다시 모습을 드러내는 날,
팔룡전설은 그로 인해 깨질 것이고 새로운 전설이 탄생할 것이다!!

유행이 아닌 자유추구 -
WWW.chungeoram.com
Book Publishing CHUNGEORAM

임희정 소설

조선하늘에

그러던 어느 날, 그에게 그 '능력' 이 찾아왔다.
조금은, 아름답지 않은 모습으로.

신의 뜻, 그것 외엔 없었다.
신의 영역, 시대의 금기를 깨는 그들의 불꽃같은 삶!

막연히 의사가 되기 위한 삶을 살아왔던 세요 폰 어뷔니트.
인간을 살리기 위해 의사가 되어야만 했던 웨인 파예트.

잔혹한 과거, 어긋난 현재.
그리고 우연히 찾아온 신비로운 능력!
보통 사람들과 다른 존재가 아니라는 것에 대한 증명.

유행이 아닌 자유추구 —
WWW.chungeoram.com

Book Publishing CHUNGEORAM